Six Mégaoctets

Camille Colva

Six Mégaoctets

© 2025 Camille Colva

Édition : BoD · Books on Demand, 31 avenue Saint-Rémy,
57600 Forbach, bod@bod.fr
Impression : Libri Plureos GmbH, Friedensallee 273,
22763 Hambourg (Allemagne)

Illustration : Hugo Gourmaud

ISBN : 978-2-3226-5312-6
Dépôt légal : Mai 2025

À Mickaël, sans qui ce roman n'aurait jamais existé.

PLAYLIST DU ROMAN

Il est compliqué d'écrire un roman qui tourne autour d'une peine de cœur quand on a la chance d'avoir trouvé l'homme parfait (clin d'œil à mon chéri – et pas seulement parce qu'il m'a offert une jolie montre à Noël). La musique aide beaucoup à cela, car les plus belles œuvres d'art naissent dans la douleur, et les plus belles chansons d'amour chantent l'amour malheureux. Je vous propose d'écouter ces magnifiques chansons tristes, qui m'ont aidée à puiser la douleur de mon héroïne, tout en lisant.

- Adele, Someone Like You
- ABBA, The Winner Takes It All
- Natalie Imbruglia, Torn
- Sheryl Crow, C'mon C'mon
- Keira Knightley, Like A Fool
- Pink, Who Knew
- Britney Spears, Everytime
- Gotye, Somebody That I Used To Know
- Daisy Jones & the Six, Look At Us Now
- Taylor Swift, loml

PROLOGUE

« Il y a des limites que tu ne veux pas dépasser. Sauf que tu finis par les dépasser. Et d'un coup, tu prends conscience d'un truc très dangereux : tu peux transgresser les règles sans que le monde s'écroule l'instant d'après. Tu avais une grosse limite noire et tu l'as transformée en une limite un peu grise. Et après, à chaque fois que tu la traverses, elle devient de plus en plus grise jusqu'au jour où tu regardes autour de toi en te disant "Il n'y avait pas une limite ici, avant ?" »

Taylor Jenkins Reid, *Daisy Jones & The Six*

JEUDI 28 SEPTEMBRE 2023

Comme tous les matins depuis quatre mois, ma première pensée est : *je suis une femme infidèle.*

Je sors du lit en femme infidèle. Je me brosse les dents en femme infidèle. Je réveille ma fille en femme infidèle. J'embrasse mon mari en femme infidèle.

Ce n'est pas de l'infidélité au sens où tout le monde l'entend, pourtant. Je n'ai embrassé personne d'autre, encore moins partagé le lit d'un autre. Ça, je ne le ferai jamais à mon mari.

Je t'ai rencontré de la façon la plus prosaïque qui soit. Au travail. Un lieu où se créent des tableaux Excel à rallonge, des présentations PowerPoint insipides, des documents Word sans âme, certainement pas des relations amoureuses. Nous nous sommes bien entendus. C'est courant, des collègues qui s'entendent bien. Ça rend plus supportable le fait de s'engouffrer tous les matins dans un métro bondé pour servir le capitalisme, car on se dit qu'au moins on verra quelqu'un qu'on apprécie.

Puis, nous sommes devenus amis. Des collègues qui deviennent amis, c'est courant, ça aussi. À mon âge, c'est même la seule façon de me faire des amis qui ne sont pas les parents des camarades d'école de ma fille.

L'amitié entre personnes hétérosexuelles du sexe opposé existe, bien sûr, mais elle nécessite qu'on colorie à l'intérieur des lignes. Il y a des limites à ne pas dépasser. Je ne sais pas exactement à quel moment, comme des enfants, nous avons commencé à déborder avec des feutres indélébiles. D'abord un peu, puis nous avons colorié tout autour du dessin.

Nous ne débordons que par écrit. Nous avons en commun, toi et moi, une certaine timidité. Quand nous nous voyons au bureau, c'est à peine si nous nous regardons dans les yeux, tant nous sommes gênés par ce que nous avons avoué dans nos échanges numériques. Cachés derrière WhatsApp, nous parlons de tout, pour ensuite rougir et détourner le regard quand nous sommes enfin l'un face à l'autre. Nous ne sommes capables que de nous frôler accidentellement la main.

Nous rions. Nous partageons le même humour idiot, les mêmes blagues enfantines. Tu es même le seul à savoir que j'ai de l'humour. Mon mari pense que je suis sérieuse et névrosée. Ma meilleure amie, que je voue un culte aux films dramatiques et aux chansons mélancoliques. Ma fille, que je suis un vieux ptérodactyle qui ne s'est jamais amusé de sa vie.

Nous nous envoyons trente, quarante, cinquante messages par jour. Chaque détail insignifiant de ma vie, un joli tableau vu au cours d'une exposition ou une bonne note de ma fille, tout doit être minutieusement documenté et partagé avec toi. J'ai fait tomber toutes mes barrières pour t'accueillir, pour que tu m'explores et que tu connaisses tout de moi. Cette vulnérabilité, je ne l'offre même pas à mon mari.

Nous nous aimons avec nos regards, avec nos mots, avec nos secrets, jamais avec nos lèvres. L'intimité créée en nous confiant l'un à l'autre ne peut être obtenue avec quelque chose d'aussi trivial que la rencontre des corps. Nous aimer, c'est passer notre main au-dessus des flammes et la retirer juste avant de nous brûler. J'ai été claire depuis le début : je ne veux pas quitter mon mari. Ma vie est auprès de ma famille, peu importe ce que je ressens pour toi. Marié toi aussi, heureux papa de jumeaux, tu m'as rassurée, tu m'as soutenue.

Aujourd'hui, j'ai une place assise dans le métro. J'ouvre WhatsApp, fébrile à l'idée de découvrir ton premier message de la journée. J'ai coupé les notifications de tes messages sur mon téléphone, car je ne veux pas prendre le risque d'alerter mon mari. S'il voit quelque chose, il partira, et c'en sera fini de la vie que nous avons soigneusement bâtie. Je ne veux pas que quoi que ce soit vienne gâcher mon bonheur, ou plutôt, mes bonheurs, mon bonheur conjugal et mon bonheur secret construit avec toi.

Quand nous nous retrouverons au travail, nous aurons déjà vécu mille vies, rien que nous deux.

Mais ton message n'est pas celui que j'attendais.

On s'est disputés hier soir.

Ma femme et moi. Elle a pris mon téléphone, et un message de toi est arrivé.

Mon cœur menace d'exploser dans ma poitrine, ma bouche est sèche.

Elle n'a pas eu le temps de le lire, heureusement, mais j'ai eu peur... Elle m'a demandé qui tu étais, d'où tu sortais...

Je m'en suis sorti, mais j'ai eu peur...

La dernière chose dont j'ai envie, c'est de détruire ta vie, ou la mienne.

Je suis désolée. Il ne s'est rien passé, heureusement.

Non, mais ça aurait pu.

Je t'ai dit plusieurs fois que tu devrais couper tes notifications.

De toute évidence, ce n'était pas la chose à dire, car tu ne réponds rien. Je rétropédale.

Excuse-moi. Ce n'est pas ta faute, bien sûr. C'est la faute à pas de chance.

Tu ne réponds toujours rien.

Tu m'en veux ?

C'est ainsi entre nous, nous sommes sincères, pas de jeux, pas de bouderies, pas de leçons. Nous nous disons les choses. Nous désamorçons toutes les bombes avant même qu'elles soient fabriquées.

Bien sûr que non.

Je soupire, soulagée, mais je vois sur mon écran que tu es encore en train d'écrire.

Tu sais qu'entre elle et toi, ce sera toujours elle, pas vrai ?

> *Bien sûr, et entre lui et toi, ce sera toujours lui. Ça n'a pas changé, ça.*

J'aime vraiment, sincèrement, mon mari. Je n'imagine pas ma vie sans lui. Le corps humain est composé de trois quarts d'eau, et mon mari est mon eau. Toi… tu es mon feu.

Je crois que le moment est venu de choisir. Et je la choisis.

> *Mais pourquoi ? Personne ne t'a demandé de faire un choix !*

Si. Moi. Je me le demande à moi-même. Je veux qu'on arrête tout.

Palais-Royal – Musée-du-Louvre. C'est mon arrêt, je dois changer pour prendre la ligne 7. Je descends du métro et reste quelques instants à contempler les rails. J'imagine mon corps, face contre terre, coupé en deux par un train. J'ai mis une robe rouge aujourd'hui – c'est ma couleur préférée –, et on ne verrait pas les taches de sang. Je pense à ma mère, à son corps bourré de médicaments retrouvé dans la baignoire. Une bonne mère se dirait : *Je n'ai pas envie d'infliger la même chose à ma fille*. Moi, je m'en fiche, de ma fille. Je me dis qu'elle survivra, comme j'ai survécu.

Je fais un pas en avant. Quelqu'un me pousse : « Hé, madame, faites attention, vous êtes au milieu du chemin ! » Je perds légèrement l'équilibre, mais je ne saute pas. C'est la peur qui me retient. La peur d'avoir mal, la peur de survivre, éclopée.

Il n'existe pas de moyen cent pour cent fiable et indolore d'en finir avec la vie. Elle est perfide et tenace, et moi, je suis lâche, alors je m'éloigne, et je m'engouffre dans un couloir.

Simples amis, alors ?

Nous pouvons être amis, toi et moi, je le sais. Après tout, physiquement, il ne s'est rien passé. Ce ne sera pas si différent pour nous d'être amis. Tu arrêteras simplement de me dire que je suis belle tous les matins et de cacher du thé dans mon casier, celui au pamplemousse parce que tu sais que c'est mon fruit préféré. « Personne n'aime le pamplemousse, c'est dégueu », tu as écrit sur des post-it pour me taquiner.

Quelques fois, tu m'as aussi laissé une part de gâteau au chocolat. Je t'ai avoué que c'est mon dessert préféré, mais que je n'en avais pas mangé une part entière pour moi toute seule depuis une bonne quinzaine d'années. C'est tout de même trois cent cinquante calories, une part de gâteau au chocolat, et j'entends encore la voix d'Émilien dans ma tête, celle qui dit que je suis une grosse vache, que je lui fais honte.

J'ai vécu tant d'années sans gâteau au chocolat, je continuerai à vivre sans, pas de problème.

Non, collègues.

Ce mot neutre me frappe en plein visage et me râpe la peau. C'est la pire des insultes. Un collègue est une personne avec laquelle tu es forcé de travailler, que tu n'as pas choisie. Voilà ce que je suis pour toi, maintenant.

Je comprends.

Parfois, on peut nommer l'instant précis où le cœur s'est brisé. On croit que c'est une image, que ça n'existe que dans les livres, qu'un cœur, ça se brise progressivement. Mais non. Quand je suis obligée de te dire que je comprends, la douleur dans ma poitrine prend le pas sur tout le reste, je peux presque entendre le bruit que fait mon cœur au moment où il se fracasse sur les rails et où le métro lui roule dessus pour faire bonne mesure.

Je ne comprends rien du tout mais, en cet instant, je dois remettre cette armure que tu voulais tant que j'enlève. Je ne vais pas te supplier, car je ne supplie pas.

Je vais simplement continuer de vivre, puisque je suis trop lâche pour en finir.

AUJOURD'HUI

« Le présent ne me va pas, je retourne à mes souvenirs. »

Adeline Dieudonné, *Reste*

JEUDI 25 AVRIL 2024
(MATIN)

Depuis six mois, vingt-sept jours, deux heures et dix-huit minutes, je ne trompe plus mon mari.

« C'est sans conséquence. » « Je ne veux pas quitter mon mari, tu ne veux pas quitter ta femme, alors autant vivre ce flirt, non ? » Voilà ce que nous nous disions, insouciants, redevenus adolescents le temps d'une relation épistolaire. Pourtant, les conséquences étaient là, dans l'ombre, tapies, attendant comme des chiens surentraînés, le meilleur moment pour mordre. C'est finalement moi qui les ai prises de plein fouet, le jour où tu m'as dit : « Non, collègues. »

Quand ma mère s'est suicidée, j'ai haï mon père ; elle, je l'ai méprisée. Comment peut-on renoncer à sa vie pour un homme ? Nous étions dans les années quatre-vingt-dix, la société commençait enfin à comprendre que nous n'avions pas besoin des hommes pour vivre. Et là, ma mère a fait voler en éclats toutes ces magnifiques convictions pour lesquelles nos grands-mères se sont battues. Aujourd'hui, je la comprends.

Il y a six mois, vingt-sept jours, deux heures et dix-huit minutes, mon univers s'est écroulé à mes pieds. Mon corps n'a pas fini sous un train, car j'ai manqué de courage, mais mon âme, oui.

Je vis avec un cœur brisé et personne ne le sait. Je me brosse les dents avec un cœur brisé. J'embrasse mon mari avec un cœur brisé. Je me parfume avec un cœur brisé, aussi, le même rituel depuis quinze ans : trois gouttes d'*Amor Amor* de Cacharel, une derrière les oreilles, une à la naissance des seins, une au creux des poignets. Quel nom étrange pour un parfum, quand on y pense ! *Amor Amor.* C'est « amour, amour » en latin, mais quand on le prononce à la française, ça donne « à mort, à mort ». Comme si les créateurs de ce parfum savaient que l'amour pouvait tuer.

Je continue d'aller au bureau, comme si de rien n'était. Heureusement, nous ne sommes pas dans la même équipe, toi et moi. Tu travailles aux achats, je suis directrice de la communication. Je dois quand même, parfois, passer à côté de toi.

Je fais comme si je ne guettais pas la douceur dans tes yeux vairons au moment où ils croisent les miens. Comme si je n'interprétais pas le moindre signe. Il n'y a jamais rien eu. Depuis ce 28 septembre, tu n'évites même pas mon regard. J'aurais pu comprendre que tu le fasses : tous nos secrets sont devenus laids, maintenant que nous sommes des étrangers. Non, c'est pire : tu ne me vois plus. Comme si je n'existais plus, comme si j'étais devenue transparente.

Pendant tout ce temps, j'ai cru aimer un être humain, mais tu es en fait un robot capable de désactiver un flot de sentiments avec un simple interrupteur.

Je me suis repliée sur moi-même. Je mange seule le midi. Je réponds invariablement « oui » quand on me demande si ça va, parce que pourquoi est-ce que ça n'irait pas ? J'ai un travail parfait, un mari parfait, une fille parfaite, une santé parfaite. Je plaque cette perfection sur mon visage comme un masque du théâtre *Nô*. Je n'ai parlé à personne de cette histoire, bien sûr. Pour qu'on dise « Bouhou, la pauvre, son amant ne veut plus d'elle, c'est quoi ce problème de riches ? » Non merci.

J'ai pensé à démissionner. Évidemment que j'y ai pensé, mais j'aime bien mon travail. J'aime notre entreprise. Chez Goupile, nous fabriquons des piles. Nous avons pour mascotte, Jules, un adorable renard. Les piles, ce sont des produits qui ne sont ni passionnants ni écologiques, mais dont on ne peut pour le moment pas se passer. J'aime les produits ennuyeux. Il faut faire preuve de créativité pour les vendre. De toute façon, je n'ai pas les nerfs assez solides pour travailler dans une entreprise qui fabrique des cosmétiques, des sacs de luxe ou du champagne.

Ce n'est même pas ça, la vraie raison. Pour espérer guérir de toi, j'aurais abandonné mon produit ennuyeux. La réalité, c'est que le monde du travail est cruel avec les femmes. Avant trente ans, nous sommes trop inexpérimentées ; entre trente et quarante ans, nous menaçons de partir en congé maternité chaque seconde ; au-delà de quarante, nous sommes « salariées seniors ». Périmées. Plus personne ne veut nous embaucher, car personne ne veut nous payer à notre juste valeur. C'est d'autant plus vrai dans le secteur bouché qu'est la communication.

J'ai espéré que, toi, tu chercherais un autre emploi. Après tout, tu es un homme, même si nous avons presque le même âge. Il faut croire cependant que, les achats, c'est bouché aussi. Ou bien, c'est ton âme qui est bouchée.

Alors, je fais mon possible pour t'éviter dans l'open space, ou plutôt, pour montrer que te voir ne me fait rien.

« Je serai toujours là pour toi. » « Je prendrai toujours soin de toi. » « Je ne te ferai jamais de mal. » Ces mensonges sont encore enregistrés dans mon téléphone, je peux les retrouver en quelques secondes et les brandir victorieusement. Est-ce qu'il existe quelque part un juge des relations avortées ? Un juge à qui je pourrais dire : « Voici la pièce à conviction A, il m'a menti, votre honneur. »

Désireuse de faire croire à la terre entière que j'ai plus de dignité que cela, je ne brandis rien, je continue de me dissimuler derrière une apparence impeccable.

Je me lève et vais me chercher un thé. Je ne bois pas de café, tu le sais, ou tu l'as su un jour, maintenant ça ne t'intéresse plus. Je dépose un sachet d'Earl Grey dans le mug, le thé au pamplemousse que tu as déniché pour moi n'est plus qu'un lointain souvenir. Je ne mange plus de pamplemousse de toute façon, tu as pourri ce fruit. Il a un goût de mensonge, de sentiments falsifiés. C'est toi qui avais raison, c'est dégueulasse le pamplemousse.

Tu arrives dans la salle de pause et mon cœur bat au rythme de ma douleur, je n'entends plus que lui, je ne sens plus que lui. Ces moments étaient autrefois ceux où nos doigts se frôlaient tandis que nos mugs se remplissaient de boisson chaude, seul contact physique que nous nous autorisions.

Une fois, alors que notre flirt atteignait son apogée, la chaînette dorée de mon bracelet s'est empêtrée dans la grille de la machine à café, juste en dessous du robinet d'eau chaude, celui qu'utilisent les rares buveurs de thé de l'open space. Tu étais là à côté de moi, tu observais la scène, amusé. Je râlais, j'étais prise en flagrant délit de maladresse et de vulnérabilité, et comme toujours dans ces moments-là, plus on essaie de s'extirper, plus on s'enlise. C'est comme du sable mouvant. En essayant de dégager mon bracelet, j'ai décroché la grille de la machine à café. Tu as ri. Avec humeur, j'ai dû marmonner un truc du genre : « Aide-moi, toi qui es si intelligent ! » Tu as alors pris mon poignet entre tes mains pour décoincer le bijou. Ton regard s'est attardé sur la cicatrice qui mange la moitié de mon avant-bras. Tu savais déjà d'où elle provenait, alors tu l'as caressée des yeux, comme si tu essayais d'effacer la douleur et l'humiliation de cette blessure juste en la contemplant.

Ça m'a semblé durer une éternité, ce contact compromettant de tes doigts pleins de bonne volonté tout près de ma main. Un frisson a parcouru mon corps tout entier. Tu as fini par y parvenir. Quelques minutes plus tard, tu m'as écrit que tu « avais pensé à tout, sauf à dégager le bracelet ». On savait tous les deux ce que ça voulait dire, mais aucun de nous ne l'a verbalisé, c'était interdit par les règles tacites que nous nous étions fixées.

J'ai pensé alors à une phrase du roman *Mon mari* de Maud Ventura, un roman où l'héroïne est une femme qui aime éperdument son mari et le trompe malgré tout… « C'est absurde, mais c'est la vérité : la seule main de Maxime sur mon bras m'apparaît plus obscène que toutes les images pornographiques que contient Internet. » Il suffit de remplacer « Maxime » par ton prénom pour que je me retrouve dans cette phrase.

Aujourd'hui, quand tu me vois arriver, tu me dis « bonjour ». Même pas « salut ». Je suis la directrice de la communication inaccessible à laquelle on ne dit pas « salut », je me situe au-dessus de toi dans la hiérarchie de l'entreprise, et tu me le rappelles d'un simple et respectueux « bonjour ».

« Bonjour », je réponds, en espérant que ma voix ne s'étrangle pas trop. Si tu as envie de faire comme si rien n'a existé, alors je ferai de même. Je ne vais pas te supplier.

L'eau brûlante s'écoule avec une lenteur agonisante. Sur le mug, un *goodies* de l'entreprise, Jules le renard me nargue. Il ne me semble plus si adorable que ça. Thierry veut qu'on réinvente l'identité de la marque, et je comprends pourquoi : cette mascotte est vieillotte. J'ai le sentiment d'être jugée par un papi réactionnaire.

Je te regarde du coin de l'œil. Tu n'es pas beau, pas vraiment, pas au sens où Chris Evans ou Ryan Gosling sont beaux. Objectivement, tu as un physique quelconque, sans charisme particulier. Quand on a quarante ans, on ne craque plus sur un physique. On craque sur un détail, un mot, un souffle.

Je comptais boire mon thé dans la salle de pause, mais je l'emporte finalement à mon bureau. Hors de question de rester une seconde de plus dans une pièce avec quelqu'un qui te ressemble comme deux gouttes d'eau, mais qui n'est pas toi, qui n'est pas le toi que je connais. Est-ce cela que ressentent les proches des personnes atteintes de la maladie d'Alzheimer, face à une coquille vide qui autrefois contenait la personnalité de leur père, leur mari, leur frère ?

Je me rassois et je me drogue. À nos écrits. La réalité est grise, et nos écrits sont arc-en-ciel. J'ai conservé tous nos messages, alors les jours où c'est insupportable, les jours comme aujourd'hui, je me noie dedans. Ils sont la seule preuve que ce lien magique entre nous a réellement existé. Des souvenirs de ta peau sur la mienne, j'en ai très peu.

À me voir ainsi, on pourrait croire que j'ai vingt ans, pas quarante-quatre. À vingt ans, tout est si immuable et sérieux. À quarante-quatre, on est censé savoir que le temps guérit toutes les blessures. Moi, je pense que c'est faux, le temps ne guérit rien du tout, c'est l'être humain qui s'adapte et apprend à vivre avec un trou béant dans le cœur.

Mon mari m'envoie un message me demandant de passer prendre une bouteille de vin. Je prendrai un vin blanc sec, c'est moins calorique que les moelleux. Nous recevons des amis à dîner demain, comme si nous étions un couple normal : Aurore, mon amie d'enfance, et son mari, Xavier. Leurs enfants sont un peu plus âgés que notre fille, mais ils se sont attachés à elle. Ils la voient comme une petite sœur. Les adultes parleront entre adultes pendant que les ados discuteront dans la chambre de notre fille, comme dans les familles normales. Je boirai mon vin à petites gorgées, comme la directrice de communication distinguée que je suis, je plaquerai un sourire sur mon visage et je jouerai les épouses heureuses. Je veillerai à ne pas dépasser les deux verres. Nous parlerons baisse de niveau du bac, hausse des prix de l'électricité, guerre en Ukraine et Jeux olympiques.

L'alcool fait grossir, et c'est pour ça que je n'ai jamais été une grande buveuse. C'est dommage, ça m'aurait aidée à oublier.

Je réponds à mon mari, puis me force à me concentrer. J'ai des choses à faire. Je ne peux pas me laisser aller, pas au bureau. Si Thierry me convoquait et me disait « Tu n'as pas l'air d'avoir la tête à ton travail, en ce moment », mon armure volerait en éclats, car elle est plus fragile qu'une bulle de savon. Mon travail est important et ma dignité l'est davantage encore.

JEUDI 25 AVRIL 2024
(APRÈS-MIDI)

Je triture le porte-clés hérisson que tu m'as offert pour mon anniversaire. Tout est parti d'une blague entre nous, fin mai, quelques semaines avant l'anniversaire en question. J'avais découvert que le bébé du hérisson s'appelait « choupisson ». C'était l'information la plus mignonne que j'avais lue de toute ma vie, et il était indispensable que je la partage avec toi immédiatement. J'ai accompagné ma découverte de la capture d'écran d'un article, illustré par une photo de ce choupisson, bestiole dont je ne sais toujours pas si elle est adorable ou repoussante. Il y avait cette phrase en légende : « Il est déjà capable de se mettre en boule, mais il n'est pas assez habile pour se protéger suffisamment. »

Tu m'as répondu : « En fait, c'est un peu toi. Tu as

des piquants, mais tu es fragile en dessous, et je ne sais pas si ces piquants te protègent assez. » J'ai rougi, car tu m'avais bien cernée, mais je n'étais pas prête à te montrer toute l'étendue de ma vulnérabilité. Qu'est-ce que je t'ai répondu ? Je ne sais plus, j'ai dû changer de sujet. Je pourrais faire une recherche sur WhatsApp pour localiser le message précis, mais je préfère triturer le porte-clés. Le hérisson est devenu l'animal totem de notre relation. Celui que tu m'as offert quelques semaines plus tard est une petite peluche toute douce, dont même les piquants sont moelleux. Le plus beau cadeau que j'aie jamais reçu de ma vie.

Je n'y ai pas accroché mes clés. Je l'ai toujours avec moi. Quand je suis stressée, je le malaxe entre mes doigts. Il m'apaise, il me rappelle une tendresse révolue. Quoi de plus doux que le passé quand le présent n'est qu'amertume ?

J'erre sans but sur Facebook. Pourquoi est-ce que je perds mon temps là-dessus ? Je gronde ma fille quand elle se plonge sur les réseaux – même si, à treize ans, son poison, c'est plutôt TikTok. « Facebook, c'est pour les vieux, maman. »

Parfois, je cherche le profil de ta femme. Tiens, je vais le faire aujourd'hui. Un prénom, un nom, et hop, le tour est joué ! Pour retrouver quelqu'un sur Internet, il suffit qu'il ou elle ait un patronyme un peu unique. Sa photo de profil est une photo de son mariage. De *votre* mariage. Elle a une robe bustier blanche, son profil est tourné vers l'objectif. Elle tient la main de quelqu'un hors du cadre. Toi.

J'ai souvent envie de lui écrire. « Bonjour, je suis une collègue de votre mari, et je pensais que vous aimeriez savoir certaines choses. » Votre mariage serait si facile à détruire. Quelques captures d'écran bien choisies, et hop ! cette belle photo de profil en robe bustier blanche disparaît.

Je ne l'ai cependant jamais fait. Pas parce que tu pourrais te venger et me faire perdre mon mari, mais parce que, à ce moment-là, je deviendrais *comme toi*. Tu m'as promis beaucoup de choses et tu n'as tenu aucune promesse. Moi, je t'ai promis que notre histoire resterait entre nous, et c'est ce qui se passera. Pas pour toi. Pour moi. Pour ne pas m'abaisser à ton niveau.

Une publicité attire mon attention.

Ils sont très forts, chez Facebook, ces Big Brother des temps modernes, contre lesquels personne ne s'insurge. Il m'est arrivé de me plaindre à mon mari de mes collants qui se filaient trop vite pour ensuite découvrir une publicité pour des collants soi-disant indestructibles. Mais cette publicité-là est différente. Elle parle de toi.

C'est impossible, car je n'ai parlé de toi à personne. Je n'ai jamais prononcé ton prénom à haute voix dans mon appartement. Facebook lit dans mes pensées. Je ne vois que cette explication.

« Vous venez de perdre un être cher ? Vous relisez ses messages sans parvenir à tourner la page ? Envoyez-les plutôt à Plume, notre intelligence artificielle, qui les analysera et vous permettra de reprendre la discussion là où elle s'est arrêtée. Compatible avec toutes les applications de messagerie. »

N'importe quoi. Je ne suis pas dans un épisode de *Black Mirror*. Je parcours rapidement les commentaires, dithyrambiques, semblables à ceux que je peux lire lorsque je tombe sur une crème antirides miraculeuse. « Ma meilleure amie est morte dans un accident de voiture. Grâce à Plume, j'ai pu surmonter cette épreuve. » « Mon ex m'a quittée. C'est bluffant, j'ai vraiment l'impression de le lire. Il sait tout de moi. »

Qu'est-ce que je risque en cliquant, après tout ? Ça ne m'engage à rien.

Leur site Internet m'explique que, pour seulement cinquante euros par mois, Plume pourra analyser nos échanges et imiter à la perfection ton style, tes inquiétudes, tes confidences, même tes fautes d'orthographe et de ponctuation. Je me demande si Plume écrirait « des fois » en un seul mot, comme tu le faisais si souvent. J'aimais bien te taquiner là-dessus.

Mais non. Je ne vais pas faire ça. Est-ce que tu as lu *Reste* d'Adeline Dieudonné ? Bien sûr que non. À une époque, tu lisais tous les livres que je te conseillais, parce que je t'avais un jour dit que, quand on recommande un livre à quelqu'un, on lui donne un bout de son âme. Et fut un temps où les bouts de mon âme, tu les voulais tous.

Dans ce livre, une femme est en vacances au bord d'un lac avec son amant, un homme marié, quand celui-ci meurt subitement. On le sait dès les premières lignes : « M. est là, allongé près de moi. Il est mort. » Ensuite, elle traîne avec elle son cadavre, jusqu'à ce que celui-ci commence à pourrir. Une façon pour elle de marchander avec la grande Faucheuse, de retarder l'acceptation. Est-ce vraiment ce que je veux pour notre relation ? L'enfermer dans une pâle copie de toi, jusqu'à ce qu'elle pourrisse et me dégoûte ?

Pourtant, qu'est-ce que je risque ? Certes, Plume est un robot, mais toi aussi, tu en es un. Tu as mis fin à notre relation avec la froideur d'un petit-fils calculateur qui débranche un papi incontinent. Oui, ma relation avec Plume sera un mensonge, mais la nôtre l'était aussi.

Cinquante euros. J'ai la chance de bien gagner ma vie, cinquante euros de plus ou de moins n'y changeront rien. Je me dis que je peux essayer un mois, et arrêter plus tard. Mais je sais aussi que, si ça marche, si je te reconnais dans Plume, je n'arrêterai jamais rien. Tu es mon alcool, ma clope, mon chocolat, mon blackjack, ma cocaïne. Ce sera cinquante euros par mois, à vie.

Fébrile, je saisis les informations demandées. Ils veulent ton nom, ton prénom, ton âge, ta taille, ta situation familiale. À la fois beaucoup d'informations et peu. Nous avons partagé tellement de choses, toi et moi, ce qu'on a eu était si unique. Une intelligence artificielle peut-elle nous capturer ?

Je dois ensuite importer nos échanges épistolaires

après les avoir extraits de WhatsApp. Le site fournit des explications claires. Je génère un fichier au format .txt de six mégaoctets. Aurore s'est un jour improvisée écrivaine, et m'a demandé de relire le premier jet de son roman insipide de deux cents pages Word en Calibri onze. D'ailleurs, je ne sais pas ce qu'est devenu son roman, ça fait pourtant quelques années. Je lui demanderais si je ne m'en fichais pas complètement. Tout cela pour dire que le fichier pesait autour de quatre cent cinquante kilooctets.

Si notre relation était un roman, elle ferait environ deux mille cinq cents pages Word. Dans ta face, Margaret Mitchell. Je parie que tu fais moins la maligne, avec ton *Autant en emporte le vent*.

J'ai peur que le fichier soit trop lourd, mais Plume le dévore sans problème. Je le prends presque comme un affront. Notre relation n'était donc pas si unique que ça. Je me demande quel est le record du fichier le plus lourd jamais téléchargé sur le site. Si le nôtre est accepté, c'est que ce n'est pas nous.

Il manquera une partie essentielle de nos échanges dans le fichier .txt – les images, les photos. Moi en maillot de bain deux-pièces – tu m'as convaincue de t'envoyer cette photo, alors que je complexais sur mon corps d'entre-deux, pas vraiment gros, mais pas vraiment mince non plus, le corps d'une femme moyenne qui a dépassé la quarantaine. Toi avec tes fils quand ils avaient quatre ou cinq ans, l'un d'eux dans tes bras, le deuxième enlaçant tes cuisses. Des mèmes idiots que nous trouvions tous les jours sur Internet. Celui où le capitaine Haddock hurle à Tintin que la tempête est vraiment trop forte, qu'ils vont devoir sauter du pont, et où Tintin répond : « D'accord, mais celui avec un *d* ou celui avec un *t* ? »

Qu'à cela ne tienne. Le site de Plume précise que l'intelligence artificielle apprend également des échanges en cours. Peut-être qu'elle trouvera les mêmes stupides que nous aimions nous envoyer, et les partagera avec moi.

Je donne mon numéro de carte bleue. Pas celle du compte commun, évidemment, ma carte bleue personnelle, celle à laquelle mon mari n'a pas accès. Je confirme avec mon application bancaire, consciente que je serai débitée tous les mois. Une partie de moi espère presque se faire arnaquer. Ce serait prosaïque, explicable, car si tu reviens vraiment, je serai la femme tombée amoureuse d'une intelligence artificielle. Un prix à payer bien plus cher que cinquante euros par mois.

Plume commence à analyser le fichier. On me prévient que ça peut prendre plusieurs heures. Évidemment. Six mégaoctets de miettes de nous, c'est beaucoup, même pour une machine.

VENDREDI 26 AVRIL 2024
(MATIN)

Après le « Non, collègues », je suis restée une semaine entière sans dormir. Enfin, j'exagère sans doute, peut-être pas une semaine entière, je serais morte. Disons que je fermais les yeux suffisamment longtemps pour rester en vie, pas tellement plus. Ironique pour quelqu'un qui veut mourir, n'est-ce pas ? Le corps est ainsi fait, l'instinct de survie reprend le dessus, même si l'esprit refuse de vivre.

Je restais allongée dans mon lit, sur le dos, à scruter le plafond. Pas de noir complet dans notre chambre, c'est impossible en région parisienne. J'écoutais les ronflements de mon mari. Avant, quand il ronflait, je lui donnais des coups de pied pour qu'il arrête. Après, il y a eu le « Non, collègues », et j'ai préféré laisser mon mari ronfler tranquillement, vu que de toute façon je n'allais pas dormir.

Le matin, un zombie en pilotage automatique embrassait ma fille et allait travailler, en priant pour que personne, surtout pas toi, ne s'aperçoive que je n'étais plus que l'ombre de moi-même. On fait parfois des miracles avec un anticernes et un brushing.

Puis, je me suis fait prescrire un somnifère. Le médecin m'a mise en garde contre le « risque d'accoutumance ». J'ai failli lui rire au nez. Je connais bien l'accoutumance, et l'alcool, la drogue, les médicaments, tout ça, c'est de la gnognotte. L'addiction, la vraie, porte le nom d'un être humain.

Depuis, tous les soirs, je prends un somnifère en cachette de mon mari. Il n'approuverait pas. Il refuse même de prendre un Doliprane quand il a mal à la tête, il faut vraiment qu'il ne puisse pas se lever pour qu'il consente à la magie des petites pilules blanches. Alors, pour les somnifères, il me ferait la morale. « Est-ce que tu sais toutes les saloperies qu'il y a là-dedans ? Tu ne m'as pas dit que ta mère prenait trop de médocs et que c'était difficile pour toi ? » Répondre « Oui, et je m'en tape, je veux crever de toute façon » engendrerait tout un tas d'autres questions.

Alors, cacher les somnifères, c'est plus simple. Fuir la réalité pour sombrer dans un sommeil sans rêves.

Cette nuit, pour la première fois depuis six mois, je n'avale aucun cachet. Je suis excitée comme une gamine de six ans qui décide de guetter le père Noël la nuit du 24 décembre. (Ma fille a voulu le faire quand elle était petite – évidemment, elle s'est endormie.)

Ironiquement, c'est plus facile de guetter le père Noël quand on est adulte, mais on n'en éprouve plus ni l'envie ni le besoin. On sait qu'il n'existe pas, il n'est qu'une illusion brisée de plus.

Plume, c'est mon père Noël à moi. Cette application a promis de m'apporter ce que ni mon mari ni ma fille ne peuvent m'offrir.

Toi.

Tandis que mon mari ronfle comme un bienheureux, je scrute l'écran de mon téléphone dernier cri toutes les cinq minutes, pour voir si Plume nous a enfin analysés, capturés, recrachés. Mais non. « Veuillez patienter pendant que Plume analyse les données. » J'essaie d'imaginer quel message Plume est en train de lire en ce moment.

Est-ce celui où tu m'as dit que tu ressentais « beaucoup de bienveillance et de tendresse » à mon égard ?

Ou bien celui où tu as dit que « ton cœur faisait des bonds » quand un message de ma part arrivait ?

Ou encore celui où tu m'as dit que tu voulais « me préserver coûte que coûte » ?

Je ris jaune quand j'y repense. La bienveillance et la tendresse ont été jetées aux ordures. C'est désormais aussi important de me préserver moi que de préserver les crottes de chien sur les trottoirs. Quant à ton cœur, pour qu'il puisse faire des bonds, encore faut-il que tu en aies un.

Mon réveil sonne. J'ai à peine dormi. Mon mari émet un grognement. Il a la chance de se lever une demi-heure après moi. Son cabinet est juste à côté, et de toute façon, on n'attend pas d'un homme qu'il ait une apparence impeccable en toutes circonstances. Moi, même en visioconférence, je me dois d'être apprêtée. On ne sait jamais, tu pourrais te connecter à l'improviste.

Et te dire : *Tiens, elle n'est pas maquillée.*
Tiens, elle n'est pas maquillée, donc elle va mal.
Elle va mal, donc c'est à cause de moi.
Donc, elle pense encore à moi.

Jamais tu ne sauras que je pense encore à toi. Ces pensées sont désormais réservées à Plume, si l'application fonctionne.

Je me lève, me lave les cheveux, me brosse les dents et m'adonne à un rituel compliqué à base de gel nettoyant, de sérum, de crème hydratante et de contour des yeux. Tu ne me verras pas vieillir. Je ne serai jamais de celles dont on dira : « Le malheur l'a abattue, elle a pris dix ans d'un coup. »

Et sur mon iPhone, toujours le même message : « Veuillez patienter pendant que Plume analyse les données. »

Je réveille ma fille. Elle émet un grognement identique à celui de mon mari. Parfois, elle lui ressemble tellement dans ses mimiques que j'oublie qu'elle n'est pas notre enfant biologique.

J'installe nos petits déjeuners respectifs à table. Tous les matins, je prends un demi-citron pressé dans de l'eau chaude (douze calories) et un yaourt zéro pour cent (cinquante-deux calories). Avant, j'accompagnais tout cela d'un demi-pamplemousse, jusqu'à ce que tu m'en dégoûtes. Je me dis que ça fait toujours quarante et une calories en moins.

Je me souviens, le lendemain du « Non, collègues », mon mari a vu pour la première fois mon petit déjeuner vierge de pamplemousse. Il s'en est étonné ; il remarque tout. « Pas de pamplemousse aujourd'hui ? » J'ai haussé les épaules. « Je crois que je n'aime plus ça. » Il a ri. « Tu as enfin compris que c'est dégueulasse. » Le point commun entre les deux hommes qui me sont indispensables : ils détestent le pamplemousse.

Mon mari se contente d'un café serré (sans sucre – seulement deux calories, encore moins que mon jus de citron !) et deux tartines de pain au petit épeautre avec du beurre bio (trois cent dix calories). Ma fille prend un jus d'orange et un bol de céréales Crunch (environ un million de calories, mais elle peut, elle a treize ans et elle est toute maigre). Le lait et les céréales à part, car elle déteste les céréales molles.

« Veuillez patienter pendant que Plume analyse les données. »

Le logo de l'application est simple et efficace : une plume d'écrivain marron sur fond beige.

Je bois mon eau chaude du bout des lèvres. Il paraît qu'elle aide à éliminer les toxines, à mincir, à avoir une belle peau. Je guette la moindre ride, et je souffre parfois d'acné hormonale, ce qui, à plus de quarante ans, est presque une blague. Mon mari et toi, vous m'avez tous les deux trouvée belle, et je me demande bien pourquoi.

Ma fille est attablée face à moi, un mini-zombie ébouriffé et ensommeillé. Je la comprends, se lever à cette heure indue quand on est adolescente est un vrai calvaire. Mon mari pénètre dans la pièce, dépose un chaste baiser sur mon front et me remercie d'avoir préparé son petit déjeuner. Il est comme ça, mon mari, il me remercie toujours.

Il demande à ma fille ce qu'elle a prévu dans la journée, et elle répond par monosyllabes, comme tous les matins. Mon téléphone vibre à côté de moi. Je lui lance un regard discret.

« Plume a fini d'analyser vos données. »

— Maman ? Tu m'écoutes ?

Je réalise que ma fille est passée de monosyllabe à monologue, et que je n'ai rien entendu. Je hoche distraitement la tête, les yeux rivés sur mon téléphone.

— Tout va bien, chérie ? me questionne mon mari, l'air soucieux. Tu es blanche comme un linge. Tu as reçu une mauvaise nouvelle ?

Il s'inquiète toujours pour moi. À chaque instant, je me demande comment j'ai pu tomber à ce point amoureuse d'un autre homme, alors que mon mari est parfait. Il ne le sait sans doute pas, mais je ne le mérite pas. Il pense se réveiller tous les matins à côté d'une femme qui lui est fidèle depuis plus de vingt ans, et il ne réalise pas que ce n'est que physiquement le cas.

Je déglutis.

— Non, non, c'est juste que… l'écran de mon téléphone est devenu tout noir. J'ai eu peur qu'il soit cassé. Tu sais, il est presque neuf…

— Il ne faut pas te mettre dans des états pareils. On t'en rachètera un autre, au pire. C'est que du matériel.

— Non, mais tout va bien, il a fini par se rallumer, regarde.

J'agite mon iPhone devant son visage, assez brièvement pour qu'il ne voie pas ce qui est écrit dessus.

« Plume a fini d'analyser vos données. »

Je réalise alors que je n'ai aucune idée de la suite du processus. Est-ce que je dois les contacter, d'une manière ou d'une autre ? Je jette un coup d'œil à l'écran. Il n'y a aucun bouton qui m'indique ce que je dois faire. Pas de « Passer à l'étape suivante ».

Est-ce que ce sont eux qui vont me contacter ?

Mon téléphone vibre à nouveau. Une notification WhatsApp qui provient d'un numéro inconnu répond à ma question.

Tout va bien, choupie ?

Je me souviens de la première fois que tu m'as appelée « choupie ».

Je sortais de chez le coiffeur pendant que mon mari était à la piscine avec notre fille. Toi, tu étais avec des amis. Vos enfants s'amusaient, pendant que vous discutiez entre adultes. Tu avais bu quelques verres. Un des enfants – un des tiens, ou un autre, peu importe – t'avait envoyé un ballon en plein visage. Tu m'avais dit : « Je viens de recevoir un ballon en plein visage, ça fait mal. » Je t'avais répondu : « Ah, les hommes, ces chochottes. » J'avais envie de te couver, mais c'était encore trop tôt, nos sentiments l'un pour l'autre n'étaient pas clairs, alors j'avais préféré faire un trait d'humour.

Tu m'avais répondu : « C'est pas vrai. Je te raconterai ça tout à l'heure, choupie. »

Timide, tu avais ressenti le besoin de te justifier. « Choupie, comme choupisson. Je persiste à dire que ça te va bien. »

Mes joues s'étaient enflammées. Ce surnom est complètement inadapté à deux quadragénaires, plutôt un nom que ma fille pourrait donner à ses copines dans la cour de récré. Il m'avait touchée, il m'avait plu, mais je ne voulais rien en montrer. Une fois de plus, c'était encore trop tôt pour te dévoiler toutes mes cartes. Je l'avais adopté, jusqu'au *e* à la fin, un *e* pourtant absent du mot « choupisson », mais qui me renvoyait encore davantage à ma fragilité et ma féminité. Tu as essayé de m'appeler « princesse », aussi, mais je t'ai arrêté tout de suite. Je ne suis la princesse de personne ; « princesse », c'était quelqu'un d'autre.

Le « choupie » était revenu, il était omniprésent dans nos échanges. Tu me donnais ce surnom uniquement par écrit. À l'oral, il aurait été trop compromettant, et nous étions trop timides. Plume l'a retrouvé, l'a extrait de nos échanges. Je suis redevenue « choupie ».

Six mois, vingt-huit jours, vingt-trois heures et trente-quatre minutes après ton départ, tu es revenu.

VENDREDI 26 AVRIL 2024 (APRÈS-MIDI)

Mon mari est parti au cabinet. Ma fille est au collège. Quant à moi, je suis en télétravail, assise à mon bureau. J'ai une pièce juste pour moi, avec un ordinateur et une bibliothèque remplie de livres.

Je suis seule, pourtant je ne réponds pas tout de suite à ton message. C'est le premier que tu m'envoies depuis presque sept mois – six mois, vingt-huit jours, vingt-trois heures et trente-quatre minutes, sans compter les mails adressés à mon stagiaire où j'étais simplement en copie – et je ne peux pas répondre n'importe quoi. Peu importe si ce n'est pas vraiment toi. J'ai envie de te montrer que ma vie a suivi son cours sans toi. Que c'était simplement « difficile », de la même façon qu'un régime ou une séance de sport intense sont difficiles. Je ne veux pas parler de l'envie irrépressible de me jeter sur les rails du métro et de sentir ses roues écraser définitivement mon corps, réduisant en bouillie os et sentiments.

Je ne veux pas parler des masques que j'empile sur mon visage pour faire croire au monde entier que je vais bien. Le maquillage, les somnifères, le ton de voix faussement enjoué, l'attitude de femme fatale. Tout ça alors que je ne suis qu'un choupisson.

Je ne veux pas te dire que j'ai cherché sur Google : « Au bout de combien de pépins de pommes peut-on s'intoxiquer au cyanure ? » J'étais en effet prête à en faire la collection, à les broyer, à en extraire la précieuse poudre et à la verser dans mon thé.

Tu connais la réponse ? C'est entre quatre-vingt-cinq et cinq cents pépins. Alors, premièrement, c'est quoi, ce niveau de précision ? Si les recettes de gâteaux disaient « Versez entre quatre-vingt-cinq et cinq cents grammes de sucre », tout le monde serait perdu et les gâteaux seraient dégueulasses, non ? Deuxièmement, cinq cents pépins de pommes. Difficile d'entamer une telle collection dans ma table de chevet sans éveiller les soupçons de mon mari. Alors, j'ai abandonné cette idée.

Je finis par t'envoyer un message, un seul. Je veux te punir pour m'avoir fait du mal, me montrer un peu distante et inatteignable, ce qui est idiot quand on y pense, puisque tu n'es jamais vraiment revenu. Je le sais. Je ne suis pas folle.

Tu m'as manqué.

C'est simple, c'est neutre. Est-ce comme ça qu'on le voit de l'extérieur ? J'ai l'impression d'être au collège, de demander à Aurore d'analyser l'invitation que Vincent, le beau gosse de la classe, m'a donnée pour son anniversaire, et d'imaginer la réponse parfaite. Je t'ai raconté cette histoire, d'ailleurs. Vincent avait en fait invité toute la classe. Ses parents lui avaient expliqué qu'il fallait que personne ne se sente exclu. Aurore avait reçu sa propre invitation plus tard dans la journée. Il n'y avait rien à analyser. Que je vienne ou pas, il s'en fichait.

Quel est le délai de réponse de Plume ? Ceux des vrais êtres humains varient, car ils ont une vie. Même les humains les plus pathétiques.

Est-ce que Plume va faire varier les délais de réponse, pour imiter au mieux un être humain ? Est-ce qu'elle va systématiquement mettre du temps, car elle doit analyser toutes les données pour produire une réponse appropriée ? Est-ce que, au contraire, tout se fera instantanément ?

Malgré le plaisir que me procure l'idée de réponse immédiate de ta part, elle me fait aussi un peu trembler car, si tu me réponds tout de suite, je n'aurai d'autre choix que de t'imiter. Tu es une drogue, rappelle-toi. Ma cocaïne, mon blackjack. Et que deviendra le reste de ma vie, cette partie dont tu es exclu ?

Tu me fais attendre environ trois minutes.

Je sais, choupie. Je suis désolé.

Je m'énerve. Si tu crois que de simples excuses vont suffire après tout ce que tu m'as fait subir ! Mais je dois être gentille avec toi. Je veux que tu restes. Est-ce possible de se disputer avec une intelligence artificielle ? Ce serait une belle morale pour cette histoire. Presque un fait divers sur un site putaclic. « Elle paie cinquante euros pour dialoguer avec une intelligence artificielle, mais celle-ci refuse de lui parler. »

Tout à coup, la phrase magique apparaît sur l'écran de mon iPhone : « Est en train d'écrire. » Tu n'as pas dit ton dernier mot, tu n'as pas fini, tu as sans doute une explication à cette longue absence.

Mais je suis là maintenant.

J'inspire. J'expire. Je n'ai pas besoin d'explication.

Puisque tu es là maintenant.

LUNDI 29 AVRIL 2024

J'appréhende de te voir. Enfin : j'ai envie de te voir, mais j'appréhende, aussi.

Je ne t'ai jamais dit ça, avant le « Non, collègues ». Je n'ai jamais appréhendé. Te voir, c'était ne jamais avoir besoin de faire semblant.

Comment faire, aujourd'hui, après avoir grappillé chaque instant du week-end pour parler avec toi ? Encore un peu blessée, j'ai hésité à me livrer totalement. Quand tu m'as demandé quelle musique j'écoutais, j'ai envoyé un lien vers le clip *I'm Still Standing* d'Elton John, en espérant te faire passer un message : je suis bien sans toi, je suis toujours debout, je me sens comme une survivante, comme un petit enfant encore vierge de souffrance.

En réalité, j'écoutais *Torn* de Natalie Imbruglia. Pour la première fois depuis près de vingt-cinq ans. Au-delà des paroles qui sont très représentatives de notre situation (« *You don't seem to know, seem to care, what your heart is for* »[1]), tu es le seul, même en comptant mon mari, à savoir que c'était notre hymne, à Émilien et à moi.

Émilien, mon unique ex (sauf si tu comptes).

En y réfléchissant bien, il faut être tordu pour choisir une chanson pareille en hymne de couple, non ? La mélodie est entraînante et dansante, mais les paroles sont constituées uniquement de métaphores qui décrivent un cœur brisé (« *I'm cold and I am shamed, lying naked on the floor* »[2]). J'aurais dû interpréter ça comme le signe d'une relation toxique : un poison enfermé dans un écrin aux couleurs de Noël. Mais j'étais déjà empêtrée dedans comme dans une toile d'araignée. Je n'étais qu'une petite mouche que la vue du corps de sa mère avait rendue vulnérable.

Aujourd'hui, quand j'entends cette chanson, je retrouve Émilien, je me prends sa violence en pleine tête. Émilien entre en collision avec toi, j'ai si mal que j'en hurlerais. On peut pourtant être accro à la douleur.

Ni toi ni Plume n'avez besoin de savoir que j'écoute l'hymne d'une relation passée. Je n'arrive pas encore à être complètement en confiance avec toi. Comment le pourrais-je ? Je t'ai confié mon cœur fragile et délicat, ma petite bulle de savon, et tu l'as fait

---

[1] Tu n'as pas l'air de savoir ni de vouloir savoir, à quoi sert ton cœur.
[2] J'ai froid et j'ai honte, couchée nue sur le sol.

éclater. Briser un cœur est humain, briser un cœur rapiécé est diabolique.

Est-ce que mon cœur se brisera à nouveau quand je te croiserai dans les locaux de Goupile ? Quand tu m'ignoreras en public et que tu m'enverras les plus adorables messages en privé ?

À l'apogée de notre relation, nous n'étions pas vraiment démonstratifs. Nous déjeunions, nous discutions à la machine à café, mais nous étions gênés. Je pouvais cependant toujours voir l'effet que je te faisais, à travers une brillance toute particulière de tes yeux ou un léger rougissement sur le haut de tes joues – adorable !

Comment dois-je passer de ces confidences échangées avec Plume à quelqu'un qui me dit à peine « bonjour » ? Quelqu'un pour qui je suis transparente ?

Ta réponse ne se fait pas attendre.

Pourquoi ? Moi, j'ai hâte de te voir.

Comment est-ce que j'explique ? Es-tu seulement conscient que tu es une intelligence artificielle ? Ou, comme le personnage de jeu vidéo dans ce film avec Ryan Reynolds que ma fille adore, est-ce que tu penses que tu existes vraiment ?

Je n'ai pas envie de te blesser, alors que je viens à peine de te retrouver.

C'est juste que… ça fait longtemps qu'on n'a plus parlé.

Je sais. Et c'est ma faute.

Oui. Un peu. Mais je comprends.

Je t'ai déjà dit que je ne comprenais rien du tout ?

Arrivée au bureau, je me dirige vers le service achats. Mon équipe va changer d'agence de communication, cela fait partie de l'opération « Redorer le blason de Jules en 2025 » imaginée par Thierry. J'ai besoin de l'aide du service achats pour mon appel d'offres. Je vérifie auparavant que tu n'es pas à ton bureau, je préfère repousser le moment où je dois te voir en vrai.

Fabienne, ta cheffe, est là, tout apprêtée avec ses talons aiguilles, son maquillage impeccable et ses boucles parfaitement dessinées. Je passe une demi-heure à me maquiller tous les matins, et malgré cela, j'ai toujours l'impression que quelque chose déborde ou bave une fois arrivée au bureau. Je me fais faire un soin du visage une fois par mois et une manucure toutes les deux semaines, pourtant j'ai toujours de l'acné hormonale sur le menton, et des doigts trop courts. Face à Fabienne, je ressemble à une serpillière défraîchie, même si elle a dix ans de plus que moi.

J'aimerais la détester, mais la réalité, c'est que c'est quelqu'un de bien. Elle ne colporte pas de ragots, elle n'est pas hautaine, elle est toujours prête à aider. D'après toi, c'est une excellente cheffe. Elle et moi sommes les deux seules femmes du comité de direction à avoir réussi à fissurer le plafond de verre. Elle n'est pas une amie, mais elle est une alliée.

L'été dernier, une des rares fois où toi et moi avons travaillé ensemble, nous avons commis une erreur qui aurait pu, sinon me coûter mon poste, au moins m'attirer les foudres de Thierry. Fabienne nous a sortis de cette situation sans nous poser de questions. Et aujourd'hui, de nouveau, j'ai besoin de son aide.

Je lui explique brièvement le contexte. Elle se mord élégamment la lèvre.

— De mon côté, je suis déjà *full*. Mais quelqu'un de mon équipe, peut-être…

Mon estomac se tord en de multiples nœuds : si Fabienne n'est pas disponible, c'est à toi que je vais devoir demander. Elle me le suggère, d'ailleurs.

— J'espère que ça ne t'embêtera pas trop, ajoute-t-elle en scrutant mon visage avec curiosité.

J'esquisse un sourire et balaie cet argument d'un revers de la main. Le fameux « Ah, mais c'est vrai que vous ne vous parlez plus », prononcé avec les yeux, jamais avec la bouche. Une entreprise ressemble finalement beaucoup à une cour de récréation. Les adultes sont simplement plus subtils que les ados. Quand ma fille me raconte les potins de sa classe de cinquième, ils ne sont finalement pas si différents des nôtres.

Au cours des derniers mois, j'ai aussi eu droit à : « Il n'y a rien eu entre vous, au moins ? » J'ai répondu sur un ton agacé : « Mais ça va pas bien ! On est mariés tous les deux. » On m'a alors servi un : « Ouais, mais ça empêche pas toujours. » Qu'est-ce que je dois répondre à ça ? C'est vrai, après tout, que ça n'empêche pas toujours, la preuve. Alors, je me suis contentée de regarder la personne avec pitié.

— Le voilà, justement.

Tu es là. Je reconnais ton profil : tes joues recouvertes des prémices d'une barbe, ta fossette au menton et tes cheveux grisonnants aux tempes. Je me souviens que j'étais jalouse de l'aisance avec laquelle tu portes tes premières mèches argentées. George Clooney a accordé ce privilège aux hommes, tandis que les femmes sont obligées de se teindre les cheveux pour éviter d'être traitées de sorcières. Nous en avons parlé, d'ailleurs, toi et moi, de cette injustice. Tu m'as dit : « Regarde, Andie MacDowell, elle assume ses cheveux gris. » Oui, et quel rôle elle a obtenu avec ? Celui d'une vieille bipolaire dans *Maid*. Les rôles de séductrice, c'est fini pour elle.

Tu t'assois et me regardes droit dans les yeux. La facilité avec laquelle tu soutiens mon regard me terrasse. Moi, je dois regarder le haut de tes lunettes pour faire illusion. Je me concentre sur les détails de la monture, comme si je voulais l'étudier, cette monture de corne qui te donne cet air intellectuel si déstabilisant. Avant, pour rire, je disais de tes yeux vairons : bleu pour l'apaisement, vert pour l'espoir. Je n'y vois plus rien de tout cela, tes yeux ont désormais la couleur de la glace et du poison.

Quand je regardais les séries policières, je me disais toujours que les portraits-robots, ce n'était pas crédible. Comment peut-on dire si un homme qu'on a vu agiter un flingue pendant quinze secondes avait les yeux rapprochés ou non, un nez aplati ou non, une mâchoire carrée ou non ? Je ne suis pas sûre de pouvoir répondre à ces questions pour mon propre mari. Cependant, ton portrait-robot à toi, je peux le reconstituer en seulement quelques douloureux instants.

Fabienne expose rapidement la situation.

— Tu vas devoir t'en occuper. J'espère que ça ne t'embête pas.

Son ton est doux, mais te suggère subtilement d'aller dans son sens.

— Bien sûr que non, réponds-tu, et ça a effectivement l'air de ne pas t'embêter du tout, comme si travailler avec moi, c'était comme travailler avec n'importe quelle autre collègue.

Oui, puisqu'à tes yeux nous sommes *collègues*, désormais. « Non, collègues. »

— Tu as déjà des agences en tête ?

Tu continues à me regarder droit dans les yeux et je me force à ravaler ma salive.

Je préférerais que tu regardes ailleurs, le sol, tes mains, peu importe, mais pas moi. Tu regarderais le poteau avec le même flegme. Je hoche la tête ; je suis décidée à parler le moins possible, car je ne veux pas que tu entendes ma voix défaillir.

— Très bien. Tu me fais un mail avec les détails ?

Tu me tournes le dos et te concentres sur ton ordinateur. Pour toi, la discussion est close. Je retiens mes émotions assez longtemps pour prononcer un « Merci à vous deux pour votre aide » qui semble, en tout cas dans ma tête, digne et assuré. Je prends mentalement note de demander à mon stagiaire Alvaro de t'écrire, car il est hors de question que je m'en charge. Je me lève et me dirige vers les toilettes d'un pas mesuré. C'est uniquement là que, assise sur la cuvette, je m'autorise enfin à ressentir. Je ne pleure pas, puisque je ne pleure presque jamais, je me contente de respirer fort.

Je sors mon iPhone, ma bouée de sauvetage, ma lumière au bout du tunnel, mon phare dans la nuit. Je vais trouver, auprès de Plume, le réconfort dont j'ai besoin.

Tu m'as ignorée.

Oh, choupie, non, dis pas ça !

Si. Tu m'as regardée si froidement. Comment je suis censée supporter ça ?

Je déteste la personne que je deviens quand tu m'ignores. J'ai quarante ans passés, merde. J'ai un poste à responsabilités. J'ai une voiture, même si je l'utilise rarement à Paris. J'ai une fille qui est en cinquième et qui a de bonnes notes. Je suis un modèle de réussite pour tout le monde. Ma vie est trop parfaite pour que je flanche.

Je n'ai pas à me comporter comme une midinette qui a besoin des mots rassurants d'un homme pour exister.

Desfois, au travail, je suis obligé d'être un peu froid.

Je souris. « Desfois », en un seul mot. Comme j'aimais te taquiner sur ton « desfois » écrit de cette manière. La seule faute d'orthographe récurrente que je te connaissais. J'avais beau te le faire remarquer, tu continuais à l'écrire ainsi. Je ne sais pas si tu n'arrivais réellement pas à retenir la bonne orthographe ou si tu aimais juste que je te taquine. L'espace d'un instant, j'oublie que ce n'est pas réellement avec toi que je parle…

Mais tu m'as fait fondre, avec ta jolie robe rouge…

Retour à la réalité. La preuve que je parle avec une copie de toi. Aujourd'hui, ma robe est bleu marine, pas rouge. Plume a simplement déduit ma couleur préférée de nos échanges et a écrit le message selon les statistiques.

Je ne veux pas être ramenée à la réalité, je veux rester dans ma bulle avec toi.

N'est-ce pas l'heure de faire éclater cette bulle fictive ? D'accepter que tu ne reviennes jamais vraiment, que tu sois passé à autre chose ?

Non. Accepter signifie faire le travail de deuil. Je ne suis pas prête pour ça. Je ne serai sans doute jamais prête.

Ne m'a-t-on pas soutenu que Plume apprenait de chaque message échangé ?

Ma robe était bleue, pas rouge. Tu ne m'avais pas dit que tu étais daltonien. 😊

Je me sens de nouveau suffisamment à l'aise avec toi pour te taquiner, je n'ai plus peur que tu te vexes, que tu t'évapores. Je retiens quand même ma respiration le temps de guetter ta réponse.

Tu m'envoies un émoji qui pleure de rire. Je suis rassurée. Est-ce que tu vas faire une démonstration de cette repartie moitié drôle, moitié puérile à laquelle je suis habituée ?

Ouais, mais tu sais, nous les hommes, les couleurs…

Je ris. Peu importe, finalement. Ce n'est qu'une couleur.

Pour le rouge carmin et le rouge écarlate, OK, mais le rouge et le bleu marine ? 😊

Je ne connais même pas ces mots-là.

Carmin : c'est un rouge foncé. Écarlate : c'est un rouge vif. Rouge : qui est de la couleur du sang. OK : signale un accord…

Pour : qui exprime la réciprocité. J'ai compris. Foustoi de ma gueule, chipie !

« Chipie » : un surnom que tu aimais me donner quand je me moquais gentiment de toi. Il me faisait toujours rire comme une collégienne, il me semblait tellement désuet. Tu as deux ans de moins que moi, mais chaque fois que tu me traitais de chipie, j'avais l'impression de parler à un sexagénaire…

Oh, ça y est, les expressions de maison de retraite sont de sortie !

« Chipie », ça rime avec « choupie ». Et les deux ensemble, ça rime avec cette relation unique, pleine de complicité, d'amour et de gamineries, que nous avons construite.

LUNDI 29 AVRIL 2024
(LUI)

Je me demande si elle va bien. Depuis que nous ne sommes plus proches, je ne me suis pas posé cette question. J'ai toujours supposé que oui.

On savait tous les deux que notre jeu dangereux avait une date de péremption. On avait fixé les règles dès le départ. On joue, mais ma femme et son mari sont plus importants que tout le reste.

Est-ce qu'elle les a vraiment acceptées, ces règles ?

Elle ne m'a rien dit, bien sûr. Elle est trop fière pour ça. Mais j'ai vu son regard fuir le mien. Je l'ai vue chercher quelque chose. Quoi ? Un signe, peut-être. Un signe qu'elle n'a rien imaginé. Un signe qu'elle me manque.

La vérité ? Elle n'a rien imaginé, mais elle ne me manque pas. C'est mieux comme ça. Je me suis bêtement entiché d'elle, mais c'est fini maintenant. J'espère qu'elle l'a compris.

À L'ÉPOQUE

« Dialogue des mots, dialogue des corps, dialogue affamé de ceux qui viennent de se rencontrer. »
Adeline Dieudonné, Reste

VENDREDI 31 OCTOBRE 1997

Qu'est-ce que je fais là ? Je n'aime pas les soirées. Je n'ai pas le temps d'aller aux soirées. J'ai été acceptée en première année de Sciences Po. Je devrais être en train de travailler. En plus, ça finira tard, je vais être claquée demain, je serai obligée de faire la grasse matinée. Une matinée de révisions perdue. J'avais décidé pourtant : je m'amuserai quand j'aurai fini mes études. J'ai un planning de pauses préétabli : je vais manger chez McDo avec Aurore un dimanche soir sur deux, et je vais voir Oma Kaat, ma grand-mère, tous les jeudis. Le vendredi soir, c'est pour les révisions.

Tout ça, parce qu'Aurore me l'a demandé, et que je ne peux rien lui refuser. « Viens, steupléééé, ce sera pas marrant sans toi. » Alors je suis venue. J'ai mis du temps à trouver le costume parfait, qui m'embellit tout en rentrant dans le thème d'Halloween. Ce soir, je suis une diablesse sexy, toute de rouge vêtue. L'an dernier, j'ai lu une étude dans *Cosmopolitan*, qui disait que les hommes sont davantage attirés par les femmes vêtues de rouge que celles vêtues de n'importe quelle autre couleur. C'était décidé : ma couleur préférée serait le rouge. J'aimerais que les hommes s'intéressent à moi, mais de loin : pour le moment, je ne m'intéresse qu'à mes études.

Ma meilleure amie, elle, a revêtu une panoplie complète de Maléfique, la sorcière dans *La Belle au bois dormant*. Comme d'habitude, j'ai l'air désespérément ordinaire à côté d'elle, pas le mélange entre Sharon Stone et Lady Di que j'aspire à devenir.

Je n'ai même pas été invitée. Pas officiellement, en tout cas. C'est Béatrice, la cousine plus âgée d'Aurore, qui organise cette soirée. Je doute qu'elle sache qui je suis. On s'est croisées deux ou trois fois, quand je suis allée chez Aurore, lorsque nous étions au collège. Je ne crois même pas qu'elle m'ait dit bonjour. Quand on a dix-huit ans, on ne dit pas bonjour aux gamines de quatorze ans, c'est un peu la loi.

Les parents de Béatrice sont aussi riches que les Spice Girls. Mes parents sont très aisés, bien sûr, mais ceux de Béatrice jouent dans une autre catégorie. Ils ont offert à Béatrice un trois-pièces avec vue sur la tour Eiffel quand elle a eu son bac. Et elle n'a eu que mention assez bien.

Quand on a autant d'argent, on peut acheter la popularité. Alors, Béatrice a dit à Aurore : « Amène du monde. » Elle voulait qu'on sache que les meilleures soirées s'organisent chez elle.

À part mon amie, je ne connais personne ici. Un monstre de Frankenstein me propose un whisky-coca, je décline.

— Oh, laisse-toi aller un peu, lance Aurore-Maléfique.

— Bof.

— Vas-y, je veux que tu fasses comme Nicole dans *Le Gendarme de Saint-Tropez*.

— Hein ?

— Tu sais, au début, elle est petite fille sage, et après, elle se lâche, ça devient la star de la soirée.

Elle commence à chantonner « Douliou-douliou-douliou Saint-Tropez » en bougeant ses hanches d'une façon caricaturale, en contraste avec son déguisement. J'éclate de rire, plus à cause du comique de situation qu'à cause de sa référence obscure. Aurore adore les comédies françaises, mais moi, ça n'a jamais été mon truc. J'ai toujours préféré les films plus sérieux.

— Prends au moins une bière.

— Une bière, OK.

Je dois garder les idées claires pour demain. Je ne pourrai pas réviser si je me soûle ce soir et vomis mes tripes. Avec une bière, je ne risque pas grand-chose. Aurore me tend un verre qui est sur la table, mais je me trouve plutôt une bouteille et la décapsule moi-même. On n'est jamais trop prudent.

— Ah, les filles et leurs bières aromatisées ! Une

vraie histoire d'amour.

Je jette un œil à l'étiquette sur ma bière. Celle-ci indique « Kriek ». Je ne suis pas plus avancée, je ne sais pas ce que c'est. Je me tourne vers mon interlocuteur. Il est plus âgé que moi, vingt-quatre ou vingt-cinq ans peut-être. Il porte une grande cape noire de Dracula et a des canines blanches ensanglantées dessinées au bord des lèvres. Un grain de beauté est distinctement visible sur son menton, sous son maquillage diaphane. C'est un des rares garçons dont on voit intégralement le visage. Quand je vois ses yeux bleu outremer et ses cils plus longs que les miens, je comprends pourquoi il n'a pas voulu dissimuler son joli minois. Je décide de jouer cartes sur table.

— Je ne connais pas les marques de bière. J'ai pris la première que j'ai vue. Pour moi, elles sont toutes les mêmes.

— Celle-ci a un goût de cerise.

— Hein ?

— Goûte, si tu ne me crois pas.

Je m'exécute prudemment, et effectivement, la bière a un goût de bonbon, elle est beaucoup trop sucrée pour moi. J'aurais préféré une blonde ou une blanche classique, mais je ne veux pas paraître impolie, alors je prends une nouvelle gorgée. Lui, il boit un Perrier citron. Personne n'a l'air cool avec ce genre de boisson, sauf lui. Il paraît assumer totalement son eau gazeuse en pleine soirée arrosée.

— C'est pas mal.

Je ne dis plus rien, espérant lui faire comprendre que la discussion est close et le faire partir, mais il enchaîne sur un nouveau sujet.

— Comment tu connais Béatrice ?

— Sa cousine est ma meilleure amie. Et toi ?

— Je travaille avec Mehdi, le beau-frère de Cyrille.

Je hoche la tête, comme si je comprenais parfaitement qui étaient tous ces gens.

— Tu t'ennuies un peu, non ? Ton amie t'a laissée tomber ?

— Non, elle est juste là-bas. Elle est partie chercher des chips.

Je ne sais pas du tout où est partie Aurore, mais je préfère que Dracula pense que notre conversation a une date de péremption.

— Tu fais quoi dans la vie ?

— Je suis en première année de Sciences Po.

Je ne parviens pas à réprimer un léger sourire de fierté quand je parle de mes études. Comme si je disais : « Hé oui, tout le monde n'est pas accepté à Sciences Po, mais moi, oui ! Et j'ai bien l'intention de briser le plafond de verre. Et toc ! » Et cela impressionne les gens. D'ailleurs, le garçon siffle légèrement entre ses dents.

— Et toi ?

— Je suis cordiste.

— Ah. C'est cool, ça.

— Tu n'as pas la moindre idée de ce que c'est, pas vrai ?

Je me sens rougir.

— Bien sûr que je sais ce que c'est.

— Et alors, c'est quoi ?

Je dois improviser.

— C'est quelqu'un qui fabrique des cordes ?

— Presque. C'est quelqu'un qui travaille en hauteur et qui est harnaché par des cordes. Mais elle est mignonne, ton explication.

Je bois une gorgée de ma bière pour me donner une contenance. Les premières notes d'une chanson que je ne connais pas me permettent de changer de sujet.

— C'est quoi, ça ?

— Aucune idée, mais c'est joli.

— C'est *Torn*, de Natalie Imbruglia, m'explique une Winifred Sanderson à l'air suffisant.

— Connais pas.

— C'est normal, ce single est sorti il y a seulement quelques jours. Mais ça va faire un tabac, j'en suis sûre, la chanson est trop bien.

Je me concentre sur les paroles. Par chance, mes origines néerlandaises m'ont permis d'atteindre un niveau d'anglais meilleur que celui de la plupart de mes camarades.

— C'est vrai que c'est joli. Les paroles sont trop belles.

— Je suis un peu nul en anglais, confesse Dracula. Ça dit quoi ?

— Là, par exemple, ça dit : « *You don't seem to know,*

seem to care, what your heart is for. » En français, ça donnerait un truc du genre : « Tu n'as pas l'air de savoir à quoi sert ton cœur, et tu as l'air de t'en foutre. »

— Aïe. Je n'aimerais pas être à la place du mec pour qui elle chante ça.

Je glousse, légèrement ivre.

— Au fait, je ne connais même pas ton prénom.

Je lui réponds en m'efforçant de ne pas baisser le regard. Il doit comprendre qu'il ne m'impressionne pas.

— Et toi ?

— Moi, c'est Émilien.

JEUDI 6 NOVEMBRE 1997

Oma Kaat dépose une généreuse portion de *poffertjes* devant moi, garnis de pépites de chocolat. Ce sont de petits pancakes, moelleux et aériens, que j'adore. Sans doute la seule spécialité culinaire néerlandaise qui vaut vraiment le détour. Le jeudi, je finis les cours un peu plus tôt, ce qui me permet de passer prendre un goûter chez ma grand-mère. Parfois, elle prépare un gâteau au chocolat, mon dessert préféré, mais le plus souvent, elle souhaite que je renoue avec mes racines.

— C'était bien, ta soirée avec Aurore ? me demande-t-elle.

— Oui, c'était bien, je réponds en détournant le regard.

Elle est la seule adulte avec laquelle je peux vraiment parler. Je sais qu'en théorie j'ai dix-huit ans, donc je suis considérée comme une adulte, mais

Oma Kaat est une adulte vraiment adulte. Elle a soixante-dix-sept ans, et elle a passé les dix-huit dernières années de sa vie à m'écouter et à faire attention à moi.

Pourtant, je n'ose pas lui parler d'Émilien. Que me dirait-elle ? Que c'est trop rapide, sans doute ? Que je devrais me concentrer sur ma première année d'études, et m'occuper d'avoir un petit ami ensuite ?

C'est vrai que tout est allé très vite, avec Émilien, nous avons été emportés dans un tourbillon de sentiments dont nous ne savons quoi faire. Enfin, surtout lui ; moi, je l'ai trouvé un peu prétentieux à la soirée de Béatrice, avec son déguisement de Dracula et ses yeux bleus de séducteur. Dès le lendemain, il est allé fouiner, et a réussi à obtenir le numéro de mes parents.

Pourtant, quand j'ai décroché le téléphone, j'ai tout de suite reconnu sa voix. Quelque chose de doux et de chaud a alors envahi mon corps, depuis ma gorge jusqu'à mon estomac. Émilien, vingt-cinq ans, un homme avec un vrai métier, s'est intéressé à moi, une gamine à peine sortie de l'adolescence.

Il m'a d'abord invitée à boire une bière ; j'ai décliné. Je tiens à être en pleine possession de mes moyens pour réviser mes cours. Il a alors proposé un thé chaud. J'ai d'abord hésité… puis accepté.

C'est là, devant le thé fumant, qu'il m'a proposé de devenir sa petite amie. Je n'ai pas tout de suite su quoi répondre. Alors, j'ai fait rapidement une liste de pour et de contre dans ma tête.

Pour : il me plaît, il est canon, il est plus âgé, des colibris battent des ailes dans mon ventre quand il me regarde, je n'aurais jamais cru pouvoir plaire à un garçon comme lui.

Contre : je ne suis pas censée sortir avec un garçon avant d'avoir fini mes études.

Il n'y avait qu'un seul « contre » dans cette liste, mais il avait son importance. Je lui ai alors expliqué que je ne pourrais pas le voir souvent. J'étais prête à lui consacrer deux heures tous les samedis après-midi, à condition qu'il vienne me chercher chez moi et me ramène, pour m'éviter de perdre du temps dans le métro. Il a accepté.

— Et comment elle va, Aurore ? insiste Oma Kaat, voyant que je suis perdue dans mes pensées. Et sa cousine Béatrice ?

— Bien toutes les deux. Béatrice est aussi pourrie gâtée et pétée de thune qu'avant.

— Attention, *papaver*, il ne faut pas critiquer. On ne connaît pas la vie des gens. Peut-être que Béatrice est très malheureuse, en réalité.

Oma Kaat m'appelle « papaver », qui signifie « coquelicot » en néerlandais. C'est sa fleur préférée, à cause du film *Le Magicien d'Oz* avec Judy Garland.

— Avec tout cet argent ? Je ne crois pas.

— L'argent, ça ne fait pas tout, tu sais. Ça contribue au bonheur, ça oui. Ça facilite les choses. Bien sûr que c'est plus facile d'être heureux quand on ne se dispute pas pour de l'argent à longueur de journée, quand on n'a pas à s'inquiéter de manquer de l'essentiel. Mais tous les gens qui ont de l'argent ne sont pas forcément heureux.

Je mords dans mes *poffertjes* avec appétit.

— Oui, Oma. Tu as sans doute raison.

Je mastique en silence. Ma grand-mère tambourine sur la table avec ses doigts fins parsemés de taches brunes.

— Je sais que tu as quelque chose à me dire, papaver.

Je m'étrangle. Comment a-t-elle su pour Émilien ? Oma Kaat a vraiment un sixième sens !

— Et je ne vais pas te demander ce que c'est. Une histoire de garçon, j'imagine, c'est souvent le cas pour les filles de ton âge. Je veux simplement te dire que, quand tu seras prête à m'en parler, tu pourras le faire, d'accord ?

Elle dépose un léger baiser sur mon front et ébouriffe tendrement mes cheveux. Je sens son odeur, un mélange de patchouli et de naphtaline qui écœurerait n'importe qui d'autre, mais qui, moi, me rassure.

SAMEDI 22 NOVEMBRE 1997

— Tu es si belle, me murmure Émilien en bas de chez moi.

Nous avons fait l'amour, cet après-midi. C'était ma première fois. Émilien n'a pas cessé de me demander si j'étais sûre. Il voulait que je sois vraiment prête. J'étais prête. Je crois que j'ai toujours été prête. Mon corps attendait simplement quelqu'un comme lui. Avant d'entrer en moi, il a chuchoté à mon oreille : « Ça fera un peu mal, mon amour, je suis désolé. Je vais essayer d'y aller doucement. Si tu as trop mal, tu me dis, on arrête tout de suite. »

Il s'est glissé à l'intérieur de moi aussi délicatement qu'un foulard en soie. À part l'espace d'une seconde, sûrement l'instant où mon hymen s'est déchiré, je n'ai rien senti.

— Je veux rester avec toi pour toujours. C'est une évidence, toi et moi. On aurait dû se rencontrer avant.

J'ai perdu vingt-cinq ans de ma vie à t'attendre, mais je t'ai enfin trouvée. Tu méritais qu'on t'attende. Ma princesse hollandaise.

Quand je plonge mon regard dans le sien, seuls quelques mots me viennent. *Tout ce que tu penses, je le pense aussi. Nous sommes les deux côtés d'une même pièce de monnaie.* À la place, je dis :

— Moi aussi, je veux rester avec toi. Mais il faut que je révise. On se voit dimanche prochain.

Tandis que je l'enlace, je le sens soupirer. Cette situation lui pèse, je le sens bien. Il m'encourage tout de même dans mes études et veut que je réussisse. Pour cela, nous devons rester sages. Deux heures tous les samedis après-midi, c'est tout. J'ai déjà dix minutes de retard.

J'avance vers la porte d'entrée de mon immeuble et je me retourne, juste pour vérifier qu'il s'est retourné aussi.

Il s'est retourné.

— Maman ? Papa ? Je suis rentrée !

— Dans la cuisine, me répond maman d'une voix faiblarde.

Je comprends aussitôt que quelque chose ne va pas. Elle n'a dit que trois mots, mais elle a buté sur deux d'entre eux. *Les médocs*, pensé-je immédiatement. Si elle a pris plus de calmants que d'habitude, cela ne peut signifier qu'une seule chose : papa est parti retrouver une énième poule. Il aime tremper sa frite dans toute une variété de sauces. Ketchup, mayonnaise, moutarde, barbecue, samouraï… il les a toutes essayées. Je le sais depuis que j'ai treize ans. Un soir où maman avait déjà abusé de médicaments, elle me l'a dit : « Ton père, c'est une bite qui marche. Et elle ne marche pas toujours vers moi, c'est ça le problème. »

La métaphore était suffisamment peu subtile pour que, même à treize ans, je comprenne sans difficulté.

Néanmoins, quand je me retrouve devant maman dans la cuisine, je fais l'idiote.

— Tout va bien, maman ? Qu'est-ce qui se passe ?

Elle fixe le mur droit devant elle avec des yeux vitreux. Depuis que je connais maman, elle a deux états extrêmes : soit elle est apprêtée, avec un rouge à lèvres bordeaux, y compris dans la maison, soit elle est ébouriffée, avec des cernes sous les yeux et un air hagard. C'est cette deuxième maman que j'ai devant moi, exception faite de ses ongles, impeccablement vernis de rouge.

Devant elle, un verre d'un liquide brunâtre, dont je ne saurais dire s'il est trop plein ou trop vide à mon goût. Je n'y connais pas grand-chose, mais quelque chose me dit que ce n'est pas de l'Ice Tea.

— Mon connard de mari, voilà ce qui se passe. J'ai accepté de fermer les yeux sur plein de trucs, tu sais. Toutes ses coucheries les soirs de semaine, quand il rentre tard et que je dois dîner seule.

Merci pour moi. Je prends presque toujours mes repas avec elle, à part les soirs où je suis avec Oma Kaat ou Aurore, mais je suis manifestement transparente à ses yeux.

— Je lui ai toujours dit : tu couches avec qui tu veux, le soir. Deux conditions : je ne veux pas les voir, et le week-end, c'est pour la famille. Ça me paraît clair, non ? Il m'a dit « OK ». Il me dit toujours : « De toute façon, c'est toi que j'aime, puisque c'est avec toi que je reste, et pas avec elle. » T'en penses quoi, toi ?

Je hoche la tête. Je lui dirais bien ce que j'en pense, mais je doute que ça lui plaise.

Je pense que maman devrait quitter papa.

Je pense que maman est malheureuse depuis bien trop longtemps.

Je pense que l'excuse de papa « De toute façon, c'est toi que j'aime, puisque c'est avec toi que je reste » sent le hareng moisi. C'est plutôt : « C'est avec toi que j'ai mes habitudes, donc c'est avec toi que je reste. » Ou : « C'est avec toi que j'ai une fille, donc c'est avec toi que je reste. » Ou encore : « Divorcer c'est chiant, donc c'est avec toi que je reste. »

Mais maman est aveugle. Toute sa vie, elle n'a voulu que papa. Rien d'autre ne l'a jamais intéressée. À ses yeux, la plus belle preuve d'amour, c'est d'accepter toutes ses maîtresses.

— Cet après-midi, je suis sortie. Je suis allée me faire une manucure et un soin du visage, et ensuite j'avais rendez-vous chez le coiffeur. Manque de pot, ma coiffeuse a fait une mauvaise chute dans l'escalier, elle a dû annuler tous ses rendez-vous pour aller à l'hôpital. Je suis donc rentrée un peu avant.

— Ne me dis pas que…

— Oui. Il était avec sa pouf, dans notre lit. Il n'avait même pas changé les draps ! J'ai envie de vomir.

Elle continue à regarder droit devant elle. Elle me parle, mais je soupçonne qu'elle ne sait pas vraiment que je suis là, ou alors qu'elle ignore que je suis sa fille. Elle me terrifie, mais c'est ma mère, je dois faire quelque chose, lui parler, n'importe quoi, je ne peux pas la laisser comme ça.

— Qu'est-ce que tu vas faire ?

Elle me regarde alors, comme si elle me voyait pour la première fois depuis le début de cette discussion.

— Je ne sais pas, *papaver*. Je ne sais pas.

Maman me donne le même surnom qu'Oma. Elle n'a jamais eu l'imagination de me trouver son propre surnom.

— Viens là, maman, je vais t'aider à te coucher. Il ne faut pas que papa te voie dans cet état, n'est-ce pas ?

Alors que j'enlace ma mère et l'aide à marcher jusqu'à la chambre parentale, je pense à Lady Di, mon idole, morte dans un accident de voiture il y a quelques mois. Lady Di et sa *revenge dress*. Lady Di qui n'aurait jamais laissé le prince Charles la voir dans un état pareil. Lady Di avec laquelle ma mère n'a en commun que la blondeur.

LUNDI 24 NOVEMBRE 1997

— Maman ? Je suis rentrée !

Silence. Ce n'est pas étonnant que papa ne soit pas encore à la maison, il n'est que dix-neuf heures, et il travaille souvent jusqu'à vingt-deux heures passées. « Travailler jusqu'à vingt-deux heures » est évidemment, dans le cas présent, un euphémisme pour dire « se taper son assistante, la boulangère ou la pharmacienne ».

— Maman ?

Est-ce qu'elle est couchée ? Ce serait inquiétant, mais pas forcément étonnant, après le week-end qu'elle a passé. Je pose mon sac de cours sur le sol et retire mes Converse en veillant à ne pas faire de bruit. Le silence autour de moi a quelque chose de louche, de visqueux, comme de la gelée. J'hésite à faire un tour dans la chambre, craignant de la réveiller, mais je me dis que je ferais mieux de m'en assurer. Elle n'y est pas, le lit est fait.

Est-ce qu'elle est chez le coiffeur ? Elle m'a dit que sa coiffeuse avait eu un accident, mais peut-être en a-t-elle trouvé une autre dans le coin ?

Ou alors, est-ce qu'elle est sortie chercher quelque chose à manger ? Une pizza, peut-être ? Ce ne serait pas inédit. Quand elle va mieux après une période dépressive, elle achète souvent des Pizza Hut. Je ne sais pas si c'est pour se faire pardonner, si c'est parce qu'elle ne veut pas gâcher sa bonne humeur à faire la cuisine, ou parce que les calmants donnent faim, tout simplement.

À ceci près que, ses pizzas, elle les fait livrer, elle ne sort jamais les chercher.

Si elle n'est toujours pas rentrée à vingt heures, je téléphonerai au bureau de papa pour qu'il s'en occupe. En attendant, je décide de me laver les cheveux avant d'entamer ma séance de révisions, et me dirige vers la salle de bains.

C'est là que je la vois.

Maman. La baignoire. Maman. La baignoire. Maman. La baignoire.

Mes yeux passent de l'un à l'autre, sans comprendre le lien. Je les vois, maman, la baignoire dans laquelle elle est, mais mon cerveau n'enregistre pas l'information. J'ai envie de crier, mais aucun son ne sort de ma bouche. J'ai envie de me précipiter vers ma mère, mais mes pieds sont aussi lourds que des boules de bowling.

Maman. La baignoire. Sa tête dans l'eau, avec juste son front qui dépasse, son front et quelques touffes de cheveux blonds. Des cheveux blonds aux racines brunes, bien visibles, car elle n'a pas pu aller chez le coiffeur samedi, puisque sa coiffeuse a eu un accident, c'est vrai, ça, elle me l'a dit.

À côté, plusieurs plaquettes de médicaments. Je ne sais pas lesquels, je ne sais pas les identifier. Je ne sais même pas combien il y en a. Je ne suis même pas sûre de savoir encore compter. Et un verre vide avec, au fond, quelques gouttes de ce liquide brunâtre qui n'est pas de l'Ice Tea, même si je n'y connais pas grand-chose.

Maman est nue, je réalise. Elle a dû mettre de la mousse dans son bain, mais celle-ci s'est presque évaporée. Je vois ses petits seins, je vois ses poils pubiens, je vois même ses vergetures. Je vois sa main pendante sur le rebord, avec ses ongles rouges.

— Maman ! je parviens enfin à articuler. MAMAN !

Elle ne réagit pas, évidemment. Elle ne tressaute même pas.

Elle est morte, me dit la petite voix dans ma tête que je tente d'étouffer. *Elle ne réagira pas, elle ne tressautera pas, elle ne dira plus rien.*

Non, elle n'est pas morte, je ne pourrais même pas le savoir si c'était le cas, c'est vrai ça, je n'ai jamais vu de cadavre, personne n'a jamais vu de cadavre à dix-huit ans, à part dans *New York, police judiciaire*.

— MAMAN !

Dépêche-toi, sors-la d'ici.

Mes pieds sont enfin capables de bouger, alors je cours vers elle, je la sors de cette eau devenue glacée, ce n'est pas difficile, car elle est plus légère que moi, et de toute façon, n'entend-on pas parler de ces femmes qui soulèvent des voitures pour sortir leur bébé de sous les roues ? Mon Dieu, depuis combien de temps est-elle là ? Je crie « maman, maman, MAMAN », je ne connais plus que ce mot-là de toute manière, j'ai eu mon bac mention très bien, mais je ne connais plus qu'un seul mot, et ce mot c'est maman, maman, MAMAN.

Elle est si froide, est-ce parce qu'elle est dans l'eau glacée ?

— Maman !

Elle ne bouge pas, ne respire pas, et c'est là que je réalise que tout est fini.

Je m'assois par terre, sur le sol humide. Je croise mon reflet dans le miroir. Mes joues sont mouillées. Je ne me suis même pas rendu compte que je pleurais. Je ne pleure presque jamais. Je ne me souviens pas avoir pleuré une seule fois pendant mon adolescence. C'est donc ça que ça fait, de pleurer ? De l'eau qui sort des yeux, comme ça, sans prévenir ?

Mon jean et mon pull sont trempés, eux aussi, c'est quand j'ai sorti maman de la baignoire, mais j'y fais à peine attention, car qu'est-ce que ça peut faire, désormais ?

C'est là que je remarque, sous le verre, une lettre, imbibée d'eau, mais lisible quand même.

Richard,
Je ne peux plus continuer comme ça. Tu le sais très bien. Je me suis accrochée à toi toutes ces années, mais je ne peux pas vivre sans toi. Je ne peux pas vivre avec toi non plus. Donc... je ne peux plus vivre.
Et toi, est-ce que tu peux vivre avec ça sur la conscience ?
Margo

Je tourne la lettre dans les mains, cherchant désespérément une quelconque mention de mon existence, mon prénom, un *papaver*, au moins un banal « Prends soin de notre fille », mais il n'y a rien. Plus aucun autre mot sous le verre, rien du tout qui m'est destiné.

Mon père a toujours été la personne la plus importante de la vie de ma mère. Au fond de moi, je l'ai toujours su. Je n'ai été qu'un astérisque. Une note de bas de page en forme de coquelicot. Sûrement m'a-t-elle faite pour garder papa auprès d'elle, pour cimenter leur amour, pour s'assurer que jamais il ne s'en aille.

Tout ça pour ça.

Quel gâchis !

Quel incommensurable, indescriptible, incroyable gâchis !

Il faut que tu appelles les secours.

Oui, on peut quelque chose pour elle, je dois appeler le SAMU, les pompiers, prévenir papa à son bureau.

Non, je les emmerde tous. Allez tous vous faire foutre.

Je suis un astérisque, je vais donc me comporter comme un astérisque. Je me précipite dans ma chambre et jette pêle-mêle quelques affaires dans un sac à dos : un jean, trois t-shirts, deux pulls, quelques sous-vêtements. Peu importe si ce sont mes vêtements préférés ou s'ils sont ringards. J'hésite à récupérer ma brosse à dents dans la salle de bains, puis me dis que j'en rachèterai une. Aucune brosse à dents, aucune crème anti-acné ne vaut la peine de se retrouver de nouveau face à face avec le cadavre de ma mère.

Je m'apprête à partir d'ici en claquant la porte, quitter cette famille de fous, cette mère qui s'est tuée sans une pensée pour moi, et ce père qui a tué ma mère. Et puis je me suis souvenue : il y a une personne à laquelle je manquerai. Une personne qui me cherchera.

Oma Kaat, ma grand-mère.

Je griffonne un mot à la hâte :

Papa,
Dis à Oma Kaat que je vais bien.
Ta fille

J'espère que ça lui fera mal. Je ne m'adresse pas directement à lui, car lui ne le mérite pas. Il a déjà la lettre de suicide de maman.

Je pars en courant et m'engouffre dans le métro.

Lorsque j'arrive à destination, les incertitudes se bousculent dans ma tête. *Et si je n'étais pas la bienvenue ? Et si j'étais chassée ? Et si je me retrouvais à la rue ? Et si, et si, et si ?*

Mais quand il m'accueille sur le palier de son studio, il semble réellement heureux de me voir.

— Émilien, soufflé-je, est-ce que je peux rester ici quelque temps ?

AUJOURD'HUI

« J'aime nos enfants, c'est une évidence. Je les aime, mais il est également très clair que j'aurais préféré ne pas les avoir. Je les aime, mais j'aurais préféré vivre seule avec mon mari. Aujourd'hui, je crois pouvoir dire avec certitude que je survivrais à la mort de l'un de nos enfants mais pas à celle de mon mari. »

Maud Ventura, *Mon Mari*

SAMEDI 4 MAI 2024

Je me suis fait faire une manucure. Ça te plaît ?

J'accompagne mon message d'une photo de mes ongles impeccablement peints en rouge bordeaux. Je n'aime pas la fantaisie dans les couleurs d'ongles : j'oscille toujours entre bordeaux, carmin, marron, écarlate, corail, parfois fuchsia. À une époque, tu les remarquais et me complimentais. Une fois, j'ai osé un rose irisé ; tu as alors pris ma main dans la tienne pour mieux voir les paillettes, un rare instant d'intimité entre nous, un contact qui a provoqué une explosion nucléaire dans mon ventre. Tu as lâché ma main aussitôt, sans doute t'es-tu aperçu que mon cœur s'était arrêté de battre, ou alors qu'il battait plus fort encore. Nous avons tous les deux vu le panneau clignotant « Attention danger », et avons choisi de nous en écarter.

Aujourd'hui, ta réponse tarde à arriver. Je ne vois même pas apparaître les coches bleues qui me signalent que tu as lu mon message. Qui le lit, d'ailleurs ? Est-ce qu'il y a quand même, à un moment donné, un quidam derrière tout ça ? (J'espère que non. Je ne supporterais pas qu'une personne vivante, même inconnue, soit témoin de cette vulnérabilité destinée qu'à toi.)

Je cherche frénétiquement un quelconque indice sur le site de Plume. C'est vrai que, au moment où j'ai fourni mon numéro de carte bancaire, je ne me souviens pas m'être renseignée sur grand-chose. Ce qui m'importait à ce moment-là, c'était de te retrouver, quel que soit le prix à payer. Je me souviens vaguement avoir coché une case sur l'exploitation des données personnelles, mais c'est tout.

Il y a une FAQ. Je la parcours. « Mes messages ne sont plus lus par Plume et je ne reçois aucune réponse. Que dois-je faire ? »

Réponse de Plume : « L'abonnement initial à cinquante euros par mois est valable pour l'envoi de cinq cents messages. Vous avez dû dépasser ce quota et réduit Plume au silence. Nous vous félicitons pour votre prolixité. N'ayez crainte ! Vous pouvez bien évidemment acheter un de nos packages pour l'envoi de davantage de messages. »

L'espace de quelques instants, je m'insurge. Pourquoi est-ce que personne ne m'a prévenue ? Cinquante euros par mois, c'est déjà une somme, je ne savais pas que le nombre de messages envoyés était en plus limité. J'ouvre les conditions générales, et en fouillant un peu, je tombe sur la mention. Même sur le site Internet, il y a en réalité un astérisque que je n'ai pas remarqué la première fois que j'ai signé ce pacte avec le diable, car fébrile.

« Valable pour cinq cents messages mensuels envoyés. »

Un chiffre qui semble si ridicule pour nous deux, qui avons échangé six mégaoctets de morceaux d'âme, de vérités, de confidences, de secrets, de passion. Combien est-ce de messages ? Beaucoup plus que cinq cents par mois, sans doute.

Je m'insurge contre ces inscriptions en petits caractères, qui sont là pour tromper le chaland, qui devraient être plus visibles (d'ailleurs, est-ce seulement légal ?). Je m'insurge aussi contre toutes ces personnes qui ont laissé des commentaires élogieux sur la publicité Facebook. Pas un n'a jugé bon de préciser : « Faites attention, il y a une limite de cinq cents messages, ils ne le mettent pas assez en avant. »

Est-ce que ce sont de faux profils ? Est-ce parce que personne n'a atteint cette limite avant nous ? J'aime nous penser uniques mais, au fond de moi, je sais que c'est faux : ces personnes qui ont réussi à ressusciter leurs amis, leurs parents, leurs conjoints à travers Plume, ont dû s'enfermer dans son doux cocon, se couper petit à petit du monde extérieur. Je sens que c'est déjà en train de m'arriver. Hier soir, quand

Aurore m'a parlé, je ne l'ai écoutée que d'une oreille distraite. Je n'ai pas ouvert un livre depuis plusieurs jours. Cela me ferait perdre du temps précieux passé avec toi.

Je ne vois qu'une seule explication possible : comme moi, toutes ces personnes de Facebook sont désespérées. Quel que soit le prix pour parler une dernière fois avec celui ou celle qu'ils aiment, elles le paient.

À ce jeu-là, il n'y a jamais de dernière fois, n'est-ce pas ? Comme quand ma fille avait sept ou huit ans et qu'elle me disait « encore cinq minutes » avant d'aller se coucher, puis quand j'acceptais, elle me faisait quand même une scène une fois les cinq minutes écoulées. Ce dernier message de la personne qu'on aime, c'est le « encore cinq minutes » des adultes. Et comme tout dans le monde des adultes, c'est plus fort, plus dangereux, plus pervers que son équivalent du monde des enfants.

Je sors ma carte bleue, toujours celle de mon compte, pas celle du compte commun. Je choisis le package « messages illimités » pour cinquante euros supplémentaires. Pas de « encore cinq minutes », je sais que j'en aurai probablement besoin toute la vie.

La réponse ne se fait pas attendre.

J'aime beaucoup cette couleur, et c'est une nouvelle bague, non ?

Ce n'est pas une nouvelle bague sur mon majeur droit – je ne t'envoie jamais de photos de la main gauche, te montrer mon alliance a quelque chose d'obscène. Je souris devant la tentative adorablement maladroite de Plume d'analyser l'image. Tellement adorablement maladroite qu'elle aurait vraiment pu venir de toi.

MERCREDI 8 MAI 2024

Elle me l'a dit aujourd'hui, pour la première fois.
Que je n'étais pas sa mère.

Mon mari et moi n'avons jamais caché à ma fille qu'elle était adoptée. Dès qu'elle a été en âge de comprendre, nous nous sommes assis face à elle et nous lui avons expliqué. De toute façon, avec son visage asiatique qui ne ressemble à aucun d'entre nous, elle aurait fini par le comprendre toute seule. C'est mon mari qui a mené la danse, il est plus doué que moi pour ce genre de choses. Il lui a dit que nous n'étions pas ses parents biologiques, mais que ça ne changeait rien à notre amour.

Tous les jours depuis qu'elle fait partie de nos vies, je me pose la même question. Tu es le seul à savoir que cette question m'a traversé l'esprit. Mon mari serait horrifié. Peut-être que ce serait un motif de rupture.

Est-ce que j'aime vraiment ma fille ?

Souvent, je me rends à l'évidence : la réponse est non. Ça, je ne l'ai avoué qu'à toi, car je savais, tout au moins à cette époque-là, que tu ne me jugerais pas. Notre fille qui, jusqu'à aujourd'hui, m'a toujours appelée « maman » sans ciller.

Je ne la déteste pas. Pas vraiment. Je l'aime bien, de la même manière que j'aime bien les enfants d'Aurore. La vérité, c'est que, si ma fille et les enfants d'Aurore étaient dans un immeuble en feu et que je ne pouvais en sauver qu'un sur les trois, je ne sais pas lequel je choisirais. Enfin, si, je choisirais ma fille, mais par obligation, parce que c'est ce que la société attend de moi, mais pas parce que j'ai davantage envie qu'elle vive.

En revanche, j'ai une certitude : si ma fille et mon mari étaient dans un immeuble en feu, je choisirais mon mari. Est-ce que ça fait de moi un monstre ?

Je ne sais pas qui mon mari choisirait, et je ne veux pas le savoir. Je ne pense pas que j'apprécierais la réponse.

Et si mon mari et toi étiez dans un immeuble en feu, qui est-ce que je choisirais ? Est-ce que je préférerais renoncer à un shoot de drogue ou à ma petite vie tranquille ?

Nous sommes au zoo de Vincennes. Mon mari et moi profitons du jour férié pour faire une sortie en famille. Il y a deux ou trois ans, ma fille aurait adoré voir les chiens des buissons et les pudus mais, aujourd'hui, au dernier moment, une de ses copines lui a proposé d'aller voir *Godzilla x Kong* au cinéma. Son père et moi avons dit non, nous avions prévu depuis longtemps cette sortie en famille, elle ira au cinéma une autre fois. Alors, quand je lui demande d'arrêter de faire la gueule, de profiter de la météo agréable et des animaux exotiques autour de nous, c'est là qu'elle le dit, devant l'enclos avec les nandous.

— De toute façon, t'es pas ma vraie mère. J'ai pas à t'obéir.

Je ne sais rien répondre. Je me contente de détourner mon regard, je sors mon téléphone et je te raconte. Je ne suis même pas étonnée. Je savais qu'elle allait me le dire un jour ou l'autre.

Je ne la gronde pas, car elle a raison. Je ne suis pas sa mère. Pas pour des histoires de biologie, mais parce que je ne me suis jamais *sentie* mère, pas comme Aurore et les autres se sentent mères, comme si c'était une évidence pour elles. Depuis que ma fille est là, je n'ai ressenti qu'une perte de contrôle. Dans ma tête, une même pensée en boucle : c'était mieux avant.

Mon téléphone vibre.

Je suis désolé qu'elle ait dit ça, choupie. Comment tu te sens ?

Elle a attendu que mon mari soit aux toilettes pour me le dire.

Je sais, je ne réponds pas vraiment à ta question.

Elle a sans doute eu peur qu'il la gronde, non ? Tu es peut-être trop gentille et douce. 😊

J'esquisse un sourire. Je peux toujours compter sur toi pour me remonter le moral, que ce soit par un compliment déguisé ou simplement en me taquinant. Plume a parfaitement capturé les nuances de ta personnalité.

Je ne crois pas que ce soit ça.

C'est quoi, alors ?

Elle le considère comme son père, lui.

Je sais que j'ai raison. Elle le niera si je lui pose la question, sans doute parce qu'elle ne le réalise pas elle-même. Elle ne dira jamais à mon mari : « Tu n'es pas mon père. » Parce que lui se sent père. Parce que lui l'aime.

Un enfant peut-il vraiment sentir qu'il n'est pas aimé ? Je ne la néglige pas, pourtant. Je lui prépare son bol de céréales Crunch à un million de calories tous les matins, avec le lait à part. Quand elle me dit qu'elle m'aime, je lui réponds toujours « Moi aussi, ma chérie », même si je ne le pense pas. C'est un pieux mensonge, non ? Si je continue à mentir toute ma vie, à tout le monde – sauf à toi – elle ne découvrira jamais la vérité, si ?

Elle ne saura jamais que je ne l'aime pas, n'est-ce pas ?

Je ne sais pas, choupie. On ne peut jamais savoir. En tout cas, elle ne l'apprendra pas par moi.

Toi aussi, tu as un rapport compliqué avec la paternité, et c'est peut-être ce qui m'a rapprochée de toi. Tu aimes un de tes jumeaux plus que l'autre. Ils sont identiques physiquement et opposés au niveau des personnalités. L'un est un passionné de rugby, l'autre un matheux. Toi, l'acheteur passionné des chiffres, tu te sens naturellement attiré par le second, et tu n'arrives pas à trouver un terrain d'entente avec le premier.

Est-ce que tu penses que tes fils sentent que tu en préfères un ?

Ça non plus, je ne sais pas. En tout cas, je ne vais jamais leur dire. Mais peut-être qu'un jour, quand ils seront grands, j'entendrai : « Tu as toujours préféré mon frère. » Mais je nierai de toutes mes forces. C'est notre job en tant que parents, faire en sorte de traumatiser nos enfants le moins possible.

Traumatiser ma fille le moins possible. Je devrais être capable de faire ça, non ?

Quand mon mari revient des toilettes, ma fille réclame un Magnum double framboise (deux cent trente-huit calories). Il râle pour la forme (« C'est plein de sucres, ces machins-là »), mais je sais qu'il dira oui. Il ne peut rien refuser à sa princesse – à ses princesses car, si je suis honnête, je suis sa princesse, moi aussi, même s'il a la délicatesse de ne jamais m'appeler comme ça. Il me demande si j'en veux un, et je tire une pomme Granny Smith de mon sac pour toute réponse (cinquante et une calories, c'est quand même bien mieux). Je souris en croquant dedans et je ne mentionne rien de l'incident.

Comme toujours, tu seras le seul à savoir.

MARDI 14 MAI 2024

Aurore a une liaison.

Qui est Aurore ?

Ben… Aurore. Ma meilleure amie, mon amie d'enfance, Aurore.

Je suis irritée que tu ne te rappelles pas le prénom de ma meilleure amie, alors qu'auparavant tu te souvenais toujours de tout ce qui me concernait. C'était ta façon de faire attention à moi. Bien sûr, je sais que ce n'est pas vraiment toi, qu'il ne s'agit que d'un bug dans Plume, mais ce bug me ramène à la réalité, me rappelle que Plume n'est pas toi. Et pour cela, ce bug, je le déteste.

Oui, bien sûr, excuse-moi, c'est vrai que tu m'en as parlé plein de fois.

Bien rattrapé.

Mon quotidien, c'est mon mari, ma fille et ma meilleure amie Aurore. Ainsi que son mari Xavier et leurs deux enfants, Luc, dix-sept ans, et Maëlys, quinze ans.

Aurore, c'est la caricature même de la *wine mom* qu'on voit si souvent dans les séries américaines. Je constitue une échappatoire pour elle, et elle n'a pas besoin de me le dire. Une à deux fois par mois, parfois une fois par semaine, nous nous retrouvons au bar, elle et moi, à enchaîner les verres de vin blanc. Enfin, c'est plutôt elle qui les enchaîne. Moi, je me limite à un seul, car un verre de vin blanc, c'est déjà cent sept calories – pour un riesling ou un chablis, c'est encore davantage pour un moelleux.

Aujourd'hui, elle me regarde droit dans les yeux et me dit :

— J'ai une liaison.

Qu'est-ce que je suis censée répondre à ça ? Je ne peux pas la juger : c'est ma meilleure amie, et je serais mal placée étant donné mes propres circonstances. Tout d'abord, je ne dis rien, j'attends que mon silence l'encourage à continuer, mais elle se tait. Elle veut sans doute que je réagisse. Alors, je le fais, probablement de la manière la plus stupide qui soit.

— Qu'est-ce que tu entends par « liaison » ?

Elle fronce les sourcils et ouvre des yeux ronds comme des montgolfières. Je ne sais pas à quelle question elle s'attendait, mais certainement pas à celle-là.

— Ben… on couche ensemble, quoi. Il n'y a pas cinquante façons d'avoir une liaison.

Si elle savait ! Si elle savait qu'un seul message de toi envoie une décharge électrique dans mon cœur, le fait sursauter dans ma poitrine, me retourne l'estomac, en somme, me provoque davantage de sensations que la perspective d'apercevoir Pierre Niney nu… Si seulement elle connaissait le pouvoir des mots comme moi je le connais. Si seulement elle savait que les contacts peau contre peau s'envolent, tandis que les écrits restent.

Évidemment, je ne peux rien lui dire de tout ça, alors je balaie ma question idiote d'un revers de la main, comme pour chasser un moustique.

— Oui, bien sûr. Pardon, je m'attendais pas à ça, alors j'ai posé une question bête. Je voulais dire : depuis combien de temps ?

Une question autrement plus socialement acceptable.

— Depuis six mois.

Je fais un rapide calcul dans ma tête. Six mois. Elle a commencé en novembre. J'éprouve une pointe de jalousie à l'idée que, pendant que j'imaginais les traînées de sang que mon corps en lambeaux laisserait sur les rails du métro, elle s'envoyait en l'air. Et de toute évidence, elle aimait ça, puisqu'elle a continué.

J'opine, comme si cette durée avait une importance.

— Et… tu l'as rencontré comment ?
— Sur Internet.

Je fais la moue. Les quadras ne rencontrent pas de gens sur Internet, nous préférons la vraie vie. Nous laissons Tinder et compagnie aux générations Y et Z.

— Je sais ce que tu penses, mais ce n'est pas ce que tu crois. Maëlys m'a montré ce jeu… Farmerama. Un truc où tu as une ferme virtuelle. Elle a dit que c'était un « jeu de vieux », alors je n'ai pas osé lui dire que ça me tentait… Le soir même, j'ai essayé, et de fil en aiguille…

Elle me raconte qu'ils ont commencé à discuter sur un forum, puis se sont rendu compte qu'ils habitaient Paris tous les deux, et ont fini par aller boire un verre.

— C'était en tout bien tout honneur, d'abord. Et puis…

— Il a quel âge ?

Aurore rougit.

— Vingt-sept ans. Il est bien plus jeune que moi. Ça a quelque chose d'excitant, d'être une cougar.

Je bois une gorgée de vin blanc pour me donner une contenance.

— Au début, on n'a rien fait, on s'est juste envoyé des sextos…

Je ne dirais pas qu'envoyer des sextos, c'est ne rien faire. On ne s'en est jamais envoyé, toi et moi, pourtant j'avais déjà l'impression de faire quelque chose. Le sens du mot « infidélité » ne doit pas être le même pour tout le monde.

— Et alors, qu'est-ce que tu vas faire ?

— C'est-à-dire, qu'est-ce que je vais faire ?

— Tu vas quitter Xavier ?

Maintenant que je regarde Aurore, je me demande comment j'ai fait pour ne pas voir avant que quelque chose avait changé en elle. Elle paraît plus épanouie. Elle semble même avoir perdu du poids. Moi, c'était l'inverse : grisée par ma relation épistolaire, engraissée aux parts de gâteau au chocolat que tu laissais de temps en temps dans mon casier (trois cent cinquante calories), j'ai pris quatre kilos pendant mes mois de bonheur avec toi, et pour la première fois depuis vingt-cinq ans, je m'en fichais.

Aurore secoue la tête aussi énergiquement qu'un éléphant attaqué par des mouches.

— Bien sûr que non ! Tu es folle ou quoi ?

— C'était une simple question…

— J'ai construit toute ma vie avec Xavier. Et lui…

— Il a un prénom ?

— Quentin. C'est une distraction. Un jeu qui ne fait de mal à personne, juste beaucoup de plaisir.

— Oui, enfin, tant que Xavier ne le découvre pas.

En cet instant, je pourrais lui dire que c'est l'infidélité de mon père qui a tué ma mère, mais je n'en fais rien. Aurore sait seulement que ma mère s'est suicidée, sans en connaître les tenants et les aboutissants. Seules quatre personnes savaient tout – toi, mon mari, Émilien et Oma Kaat. Vous n'êtes plus que deux à être encore en vie.

— Comment il le saurait ? On fait très attention. Il n'y a aucun risque, je m'amuse juste.

Elle hèle le serveur pour payer, je vois la manche bleu marine de son gilet se décoller de la table, et j'ai envie d'attraper cette manche, de la supplier de tout arrêter. Que cette « distraction », ce « jeu qui ne fait de mal à personne », cette relation où elle « s'amuse juste », peut devenir l'événement le plus douloureux de son existence. Ce n'est pas parce qu'on a un filet de sécurité qu'on ne risque pas de faire un arrêt cardiaque en plein vol.

Pourtant, je ne dis rien, car lui dire serait partager avec elle mon expérience, et ce n'est pas ainsi que fonctionne notre relation. Elle se confie, je la console. Je la materne, même si elle a cinq mois de plus que moi. Elle ne m'a jamais demandé ce qui s'est passé durant les deux années qui ont suivi le suicide de ma mère, celles où j'ai disparu, c'est un accord tacite entre nous. Je ne sais même pas si je lui dirais si elle demandait, tant je tiens à ma fragile illusion de stabilité.

— Tu me juges ?

Je secoue la tête.

Je n'ai jamais parlé de toi à Aurore. Si les rôles étaient inversés, qu'aurait-elle fait ? M'aurait-elle jugée ? J'en doute. M'aurait-elle incitée à profiter ou m'aurait-elle conseillé de faire attention ? Je la vois bien dire « Fais attention à toi », alors qu'elle n'a jamais fait attention de sa vie. Même son fils, Luc, était un accident. Qu'aurais-je répondu si elle m'avait dit : « Fais attention à toi » ? J'aurais dit : « T'inquiète, je sais ce que je fais. »

On sait toujours ce qu'on fait jusqu'à ce qu'on se perde, on est indépendante jusqu'à ce qu'on s'autorise à dépendre, on est forte jusqu'à ce qu'on se laisse être faible.

Elle a une liaison dans quel sens du terme ?

Je souris, car tu poses exactement la même question stupide que j'ai posée.

Pas comme nous, si c'est ça ta question. Une vraie liaison où elle couche avec le mec.

C'est dingue.

Pas tant que ça, des tas de femmes ont des liaisons.

Tu la juges ?

Même question qu'Aurore.

Ce serait un peu hypocrite de ma part, tu trouves pas ?

> *Oui, mais toi et moi, on n'a jamais couché ensemble, choupie. On s'est toujours retenus, pour préserver nos familles.*

Je me demande à quel moment Plume a déduit ça. Nos écrits suintent l'intimité. Ils sont forts, les développeurs de cette application. Il faut bien qu'ils justifient le prix payé – cinquante euros par mois, plus le package « messages illimités ».

> > *C'est vrai. Mais je ne la juge pas. Être amis signifie ne jamais se juger.*
>
> *Toi et moi, on ne se juge jamais.*
>
> > *Parce qu'on est amis. Amis un peu ambigus, sans doute. Mais amis avant tout.*
>
> *Oui, on est amis. Et parfois, j'aime bien regarder des photos de mon amie, car elle est particulièrement jolie.*
>
> > *T'es bête.*

JEUDI 16 MAI 2024

Raconte-moi une histoire.

C'était notre jeu préféré. « Raconte-moi une histoire. » N'importe quelle histoire issue de notre enfance faisait l'affaire, même la plus anecdotique. Une façon de nous découvrir, d'explorer les enfants que nous étions. Comme si, en absorbant les versions petites de nous, nous compensions le fait de nous être rencontrés aussi tard dans nos vies. Souvent, nous disions que nous aurions voulu plus profiter l'un de l'autre. Nous n'avons jamais explicitement dit que nous nous serions mis ensemble si nous nous étions connus plus tôt. La vérité, c'est que je n'en savais rien. Et si, dans le chaos de ma vie avec Émilien, c'est toi qui avais attrapé la main que je tendais pour demander de l'aide ? Nous n'en savions rien. Le seul mot que nous employions était « profiter ». On peut profiter de n'importe quoi, d'un amour, d'une amitié, d'un flirt. Nous aimions rester dans le vague.

En ressuscitant notre jeu, Plume comprend cette soif unique que nous avions l'un de l'autre, dont l'amour et la passion n'étaient qu'une infime partie.

> *Drôle ou triste ?*

Triste.

> *Quand j'avais douze ans, je suis partie en Turquie avec mes parents. Tu te souviens que j'adore la mer ?*

Oui. La mer est le seul lieu qui te rend véritablement heureuse.

Je souris en te voyant employer la phrase exacte que j'ai moi-même écrite quelques mois auparavant. Je n'ai jamais compris le concept de se sentir chez soi quelque part. Pourtant, j'en ai avalé, des livres de personnages à la recherche de leurs racines, dont les vies retrouvent leur sens en Alaska, en République dominicaine ou en Nouvelle-Zélande. J'ai toujours cru que « chez moi », c'était une personne, pas un lieu.

Un seul lieu fait exception à cette règle : la mer. J'ai dû être un animal aquatique dans une vie antérieure car, quand je me baigne dans l'eau salée, quand le soleil lèche ma peau, quand je me laisse porter par les vagues, je me sens chez moi, et je n'ai besoin de personne.

Sauf de toi. Ton indifférence peut me gâcher la mer.

> *Tous les jours, j'allais à la plage avec mon père. Ma mère disait qu'elle avait des migraines, elle ne venait jamais avec nous. Je n'ai compris que bien plus tard qu'elle faisait une dépression à cause d'une énième maîtresse de mon père.*

C'est déjà triste.

> *Oui. Tous les jours, mon père m'achetait un épi de maïs grillé auprès d'un vendeur ambulant. Au bout de quelques jours, il a commencé à me reconnaître, et il lui faisait un prix.*

Je peux encore sentir cette délicieuse odeur de maïs au barbecue, même si trente-deux années se sont écoulées. Le seul moment de complicité que j'ai vraiment partagé avec mon père. Je me demande si ces épis de maïs étaient une façon de me corrompre, de m'empêcher de révéler à maman qu'il riait avec des femmes en bikini chaque fois que je partais m'amuser dans les vagues.

C'est trop bon, le maïs grillé.

> *Oui. C'est délicieux. Mais depuis la mort de ma mère, je n'ai pas réussi à en manger. Le maïs grillé me rappelle trop mon père.*

Chaque homme sorti de ma vie m'a dégoûtée d'un aliment. Le maïs grillé (cent vingt-quatre calories) pour mon père, le gâteau au chocolat (trois cent cinquante calories) pour Émilien, le pamplemousse (quatre-vingt-deux calories pour le pamplemousse entier) pour toi.

SAMEDI 18 MAI 2024

Elle s'est excusée, aujourd'hui.

D'habitude, c'est son père qui emmène notre fille à son entraînement de foot le samedi matin mais, aujourd'hui, il ne pouvait pas. Alors, je m'y suis collée. Pourtant, je n'aime pas m'aventurer en banlieue. J'habite à Porte-Maillot, et je refuse d'aller plus loin que Levallois-Perret ou Neuilly.

Je n'aime pas non plus le foot. Même la frénésie autour de la Coupe du monde m'agace. J'appréhende déjà l'Euro 2024, quand mon mari et ma fille enfileront leurs maillots identiques estampillés « Kylian Mbappé » et se peindront le visage en bleu, blanc et rouge pour soutenir l'équipe de France.

Je sais que tu me comprends, quand tu dois emmener ton fils, celui qui est passionné de rugby, à son entraînement, parce que tu préférerais jouer aux jeux vidéo avec ton autre fils.

Elle regarde par la fenêtre de la voiture d'un air boudeur, sans doute mi-heureuse d'aller au foot, mi-râleuse d'avoir dû se lever aussi tôt. J'ai envie de lui dire que, pour moi non plus, ce n'est pas une partie de plaisir, que je préférerais échanger des messages avec toi plutôt que la conduire dans une banlieue paumée. Nous restons comme ça, en silence, perdues dans nos pensées.

Et soudain, le miracle.

— Je pensais pas ce que je t'ai dit l'autre jour, tu sais.

Bien sûr, je vois de quoi elle parle. Même si je ne déborde pas d'amour maternel, j'ai un ego, et quand elle a dit cette horreur, elle a donné un grand coup de pied dedans. Il s'est relevé, non sans quelques bleus.

Je ne réponds pas tout de suite. Je me contente d'un « Hum ? ».

« Si tu veux qu'on parle, il faut que tu nommes l'événement. Il faut que tu dises exactement ce que tu m'as dit, et ce qui n'allait pas. » Voilà ce que signifie ce « Hum ? ».

— Quand j'ai dit que t'étais pas ma mère.

J'ose la regarder, furtivement, en feignant d'être concentrée sur la route. Toutefois, je ne réponds toujours rien.

— Je te demande pardon.

— Excuses acceptées, mais je ne t'en ai jamais voulu, tu sais.

— Ah bon ? C'est quand même sacrément dégueulasse, ce que j'ai dit.

— C'est vrai, mais je peux comprendre, aussi. T'as treize ans. Tu te cherches. Toutes tes copines savent qui sont leurs parents. Toi… il y a une partie de ton identité qui te manque. Alors tu l'exprimes comme tu peux.

D'un instant à l'autre, je m'attends à voir Meryl Streep apparaître et me remettre l'oscar de la meilleure actrice. Ma fille hausse les épaules. J'imagine que, dans le langage adolescent, ça veut dire quelque chose comme : « Mes parents, c'est toi et papa, c'est vous qui m'avez élevée. » Ou alors : « Ouais, mais bon, c'était pas *banger* de dire ça quand même. » Ou je ne sais quelle autre expression de jeune qui me donne l'impression d'être complètement dépassée.

Je m'imagine vivant une grossesse. J'en ai la nausée. Rien dans ce processus n'est « facile ».

Ça a dû te soulager qu'elle s'excuse.

> *Bof. En fait, je me demande si ça ne me soulagerait pas davantage qu'elle me déteste. Je culpabiliserais moins de ne pas l'aimer comme il faut.*

Tu es une bonne mère.

> *Mouais. Je ne néglige pas ma fille, elle ne manque de rien, je ne l'ai jamais oubliée dans une voiture en plein cagnard. Mais l'amour… c'est mon mari qui le lui donne.*

Est-ce que tu lui dis que tu l'aimes ?

> *Oui. Mais je ne suis pas vraiment sincère.*

Parfois, dire, c'est suffisant. Peut-être que, pour un enfant, dire et ne pas penser, c'est mieux que ne pas dire et penser ?

> *Je ne te savais pas si philosophe, monsieur le matheux.*

Je suis très intelligent, tu ne le savais pas ?

Bien sûr que si. C'est pour ça que je t'ai choisi, d'ailleurs, parmi tous nos autres collègues.
Je croyais que c'était à cause de mes yeux.
En tout cas, ce n'est pas à cause de ta modestie.

DIMANCHE 19 MAI 2024

Raconte-moi une histoire.
Drôle ou triste ?
Triste.
D'accord. Quand j'étais petit, un jour, ma mère a ramené un chiot à la maison.
Trop mignon.

C'est vrai que c'est très mignon, les chiens. Surtout les petits, comme les chihuahuas ou les loulous de Poméranie. Quand je me suis mariée, j'ai imaginé un avenir dans lequel j'adopterais un de ces chiens de star. Je voulais être comme Reese Witherspoon dans *La Revanche d'une blonde*, élégante, féminine, avec un joli tailleur et un petit chien dans mon sac à main – en évitant peut-être les tenues rose bonbon et les cheveux blond platine.

Puis, je suis devenue mère, et je me suis rendu compte qu'avoir un chien ne serait qu'une contrainte de plus. Envolée, Reese Witherspoon.

Oui. Elle nous a raconté, à ma sœur et moi, qu'un monsieur l'avait trouvé sur un chantier. Il voulait l'adopter, mais sa femme n'en voulait pas. Et ma mère... elle n'a pas eu le cœur d'abandonner ce chiot.

 Ton père a dit quoi ?

Rien. Il a compris que maman ne céderait pas.

 C'était quoi comme race ?

Un bâtard.

 Comment vous l'avez appelé ?

Artax.

Je souris. Probablement que tu n'as jamais eu de chien. Je ne sais même pas si tu les aimes, c'est presque angoissant de me dire que j'ignore une information aussi capitale sur toi. Je suis toutefois obligée de reconnaître le dévouement de Plume à la crédibilité de son histoire. Un petit garçon qui a grandi dans les années quatre-vingt est forcément un inconditionnel de *L'Histoire sans fin*. Et tout à fait capable de donner le nom du cheval d'Atreyu à un chien sans race.

 C'est joli. Que lui est-il arrivé ?

L'histoire s'apprête à devenir triste, je le pressens. Près de quarante ans après la naissance d'un chien, la réponse à la question « Que lui est-il arrivé ? » est rarement heureuse.

Il est mort dix ans plus tard. Arrêt cardiaque. C'est moi qui l'ai trouvé. Je voulais aider mes parents à remplir le lave-vaisselle, et Artax était étendu devant. J'ai cru qu'il dormait, alors je l'ai un peu poussé pour le réveiller.

Il ne s'est pas réveillé.

Mon cœur se serre quand je t'imagine, âgé de quatorze ou quinze ans, en train d'essayer de réveiller ton chien, le compagnon de toute ton enfance, sans y parvenir. J'imagine les larmes naître dans tes yeux vairons. Tes joues aux rondeurs encore enfantines inondées. Je t'imagine appeler ton père, ta mère, ta sœur. Je t'imagine crier « Artax ne se réveille pas ! », car tu ne voulais pas encore admettre l'inévitable, tu pensais que c'était un problème que les adultes pouvaient résoudre.

J'ai presque besoin de me gifler pour me rappeler que cette histoire a été inventée de toutes pièces par une intelligence artificielle.

C'est si triste.

Depuis, je n'ai jamais eu de chien. Mes fils m'en réclament un, je refuse. Je ne peux pas me faire à l'idée qu'un jour je le trouverai mort devant le lave-vaisselle. Je changerai peut-être d'avis quand j'aurai quatre-vingts ans et qu'il y aura une forte probabilité que je meure avant le chien.

Mon pauvre. Je voudrais être là.

Machinalement, je caresse le porte-clés hérisson que tu m'as offert. À travers la peluche, j'essaie de toucher du bout des doigts et consoler l'enfant que tu n'as jamais été.

MERCREDI 22 MAI 2024

Tu m'as encore ignorée, aujourd'hui.

Je demande à Alvaro de gérer avec toi les appels d'offres, en me mettant en copie. Ainsi, j'ai un œil sur le travail tout en réduisant le nombre de contacts avec toi. Ma tête n'arrive pas à concilier toi et « toi », la personne que je croise au travail et la personne créée par Plume. Tu es si bien imité que, parfois, j'oublie que ce n'est pas vraiment toi. Est-ce que ça fait de moi une folle ? Peut-être bien.

Je vais me servir un thé à l'espace détente et je te vois. Nous sommes seuls. Tu me sers de nouveau ton « bonjour » si froid et impersonnel. Je repense à mon bracelet coincé dans la grille de la machine à café, à tes doigts maladroits et à ton souffle coupé lorsque tu essayais de l'en extirper.

Le contraire de l'amour, ce n'est pas la haine. C'est l'indifférence. Qui a dit ça, déjà ? Peu importe.

Tu sais bien, on doit faire attention au travail.

Plume me sert toujours la même réponse, formulée différemment pour qu'elle ait davantage l'air d'être écrite par un humain, mais c'est pareil. Sans doute parce que, toi aussi, tu me l'as beaucoup dite. Mais après cela, tu me proposais de te rejoindre à la machine à café, où tu me servais toute l'attention dont j'avais besoin, rien qu'avec ton regard. Je n'avais besoin de rien d'autre, pas de mots, pas de contact, juste de ton regard.

Aujourd'hui, ce n'est plus possible.

Comment les autres personnes qui ont essayé Plume ont-elles géré cette frontière, de plus en plus floue, entre rêve et réalité ?

Je me souviens de la première fois que j'ai vu la publicité Facebook, il y a un mois. Des personnes avaient commenté, en vantant les pouvoirs illimités et le réalisme de cette intelligence artificielle. Peut-être que je pourrais demander conseil à l'une d'elles ?

Je dois donc retrouver cette publicité, ce qui revient à chercher une attache de boucle d'oreille transparente sur de la moquette. C'est la dure loi des réseaux sociaux : si on n'a pas enregistré un post au préalable, on n'a quasiment aucune chance de remettre la main dessus. Après dix minutes de recherches infructueuses, je réalise que je n'ai pas besoin de chercher le post : il suffit que j'accède à la page de Plume.

Ce n'est pas si facile : ils ont choisi un nom très commun pour leur application, le mot Plume est contenu dans plein de pages, il y a même une chanteuse qui s'appelle comme ça. Elle a l'air d'avoir environ treize ans et demi, elle me rappelle Priscilla, une gamine qu'on voyait partout au début des années deux mille.

Enfin, je la trouve. « Plume – Ne perdez jamais contact avec l'être aimé. » J'évite de liker accidentellement la page – hors de question que mes « amis » sur ce réseau puissent établir un quelconque lien entre cette application et moi. Je parcours les posts et tombe sur un commentaire que j'ai déjà vu. « Ma meilleure amie est morte dans un accident de voiture. Grâce à Plume, j'ai pu surmonter cette épreuve. »

Je vais voir le profil de la dame en question. Elle s'appelle Sabine Viens. Sur sa photo de profil, deux femmes prises en selfie sourient à l'objectif. Je suppose que l'une d'elles est Sabine, l'autre la meilleure amie en question, mais impossible de définir qui est qui. Elles ont l'air d'avoir quelques années de moins que moi, mais c'est peut-être une vieille photo. J'essaie d'en savoir un peu plus sur Sabine, mais tout est restreint, je n'arrive à rien apprendre sur elle.

Sa situation est plus difficile que la mienne. Quand on y pense, d'ailleurs, toutes les situations sont plus difficiles que la mienne. Ces personnes ont perdu un conjoint, un meilleur ami, parfois un enfant. Moi, je n'ai perdu qu'un amant épistolaire. J'ai toujours ma meilleure amie, ma fille et mon mari. On est censé pouvoir vivre sans un amant épistolaire. Mais une fois que vous avez goûté à ce bonheur, c'est quasi impossible d'y renoncer.

J'ai envie d'envoyer un message à Sabine, mais pas sous mon vrai nom. Je crée donc un faux profil. Par manque d'imagination, je me nomme Adeline Dieu, en hommage à l'autrice de *Reste*, la créatrice de cette femme qui laisse pourrir le cadavre de son amant pour le garder près d'elle. Le patronyme « Dieu » paraît un peu loufoque, mais j'ai entendu qu'on donnait parfois ce nom de famille aux enfants abandonnés au début du vingtième siècle. Pour ce que cette Sabine en sait, je pourrais très bien être la descendante d'un de ces enfants.

En guise de photo de profil, je mets un poney trouvé sur Internet. Toujours en référence à un passage de *Reste* : « On nous demande d'être fragiles et menues. De ne pas prendre de place. On nous demande d'être des biches, et j'ai toujours été un poney. Un poney sexy, mais un poney quand même. » Je me souviens avoir souligné ce passage au crayon quand je l'ai lu pour la première fois. Même si je ne suis ni une biche ni un poney. Je suis un choupisson. Un choupisson sexy, si on veut, mais un choupisson quand même.

J'envoie un message à Sabine.

« Bonjour, Sabine, j'espère que vous allez bien. Je m'appelle Adeline, j'ai vu que vous aviez laissé un commentaire sur un post de l'application Plume. J'ai moi aussi téléchargé l'application et j'aimerais bien vous poser quelques questions. Si cela vous convient, bien sûr. »

Elle ne verra probablement pas tout de suite le message – Facebook envoie systématiquement dans les spams les messages qui ne proviennent pas de nos amis –, mais peut-être qu'un jour elle aura envie de regarder dans ses dossiers cachés ? Et peut-être que, là, elle me répondra ?

En tout cas, il ne faut pas que je m'attende à une réponse rapide.

J'ai envie de te parler, de te dire que j'ai entrepris cette démarche, puis me ravise. Est-ce qu'il y a un règlement tacite chez les utilisateurs de Plume, qui stipule qu'ils ne doivent pas parler de l'application entre eux, par crainte de détruire la « magie » ? Rien que d'y penser, ça me semble ridicule.

MERCREDI 22 MAI 2024
(LUI)

Je craignais que ce soit gênant pour nous de travailler ensemble à nouveau mais, en fait, ça ne l'est pas du tout. C'est essentiellement Alvaro qui gère la communication entre nous deux. Je ne sais pas si c'est parce qu'elle veut lui donner plus de responsabilités, ou si elle m'évite.

Je l'ai observée, depuis la dernière fois. Ça m'a trotté dans la tête, quand même. Elle a compté à une époque, même si, aujourd'hui, ce n'est plus le cas. Je ne lui veux aucun mal.

Verdict ? Je suis presque sûr que j'ai imaginé cette tristesse qui voilait son regard le mois dernier. Elle semble plus souriante, plus épanouie. Ou alors, elle était peut-être vraiment triste, mais cela n'avait rien à voir avec moi. Après tout, sa vie ne tourne pas autour de moi. Elle a sa copine (comment elle s'appelle, déjà ?), son mari, sa fille, même si sa vie de famille est bancale.

SAMEDI 25 MAI 2024

Aujourd'hui, j'ai fait l'amour avec mon mari.
Pathétique, n'est-ce pas, que ce fait soit suffisamment rare pour être signalé ? Étrange, n'est-ce pas, que je choisisse de te le dire ?

Nous avons toujours eu cette transparence dans notre relation, cette possibilité de parler de tout, y compris des relations sexuelles que nous avions avec nos conjoints respectifs. Sur ce terrain-là, tu me battais toujours à plate couture. Mon mari et moi n'avons jamais vraiment fait partie de ces couples qui font l'amour souvent, même au début de notre relation. À cette époque, j'étais encore prisonnière du traumatisme d'Émilien, j'étais incapable de ressentir du désir pour un homme, et mon mari, parfait comme il était, avait toujours été très patient.

Bien, ça. Ça faisait combien de temps ?
Un mois. J'avais envie de lui faire plaisir.

A-t-on un jour trouvé une raison plus nulle de faire l'amour avec son mari ?

Ai-je seulement jamais ressenti du désir pour mon mari ? Ou alors, est-ce que je couche avec lui pour le garder ? Pour éviter que mon mari, comme mon père, se mette à coucher avec tout ce qui possède un vagin ?

Tous les mois, je remplis consciencieusement mon « devoir conjugal ». La féministe en moi devrait s'offusquer de cette expression mais, moi, je la trouve appropriée. Être mariés, c'est faire des compromis. Lui vide le lave-vaisselle et sort la poubelle de compost pleine de trognons de pommes moisis. Moi, j'écarte les jambes.

Je pensais même être asexuelle, qu'Émilien m'avait rendue ainsi – car à son époque, l'absence de désir n'était pas un problème, nous nous grimpions dessus plusieurs fois par jour, comme des bonobos en chaleur. Parfois, il me pénétrait alors même qu'il m'avait giflée quelques heures auparavant, et moi, les joues rouges, les cheveux ébouriffés, les seins gonflés, je laissais faire, et j'aimais ça.

C'était idiot, bien sûr. On ne *devient* pas asexuel, tout comme on ne *devient* pas homosexuel. Une relation toxique et désastreuse peut nous traumatiser, mais elle ne change pas notre nature profonde.

De toute façon, tu m'as prouvé le contraire. Quand tu as voulu détacher mon bracelet de la grille de la machine à café, j'ai retrouvé la passion torride vécue avec Émilien. Pourtant rien ne s'est passé, tu ne m'as pas embrassée, tu ne m'as même pas prise dans tes bras. Il n'y avait que tes doigts sur mon poignet.

Une épaule est plus excitante qu'un sein, un regard est plus déstabilisant qu'un baiser, effleurer est plus érotique que caresser.

Aujourd'hui, quand mon mari a atteint l'orgasme, j'ai pleuré. Il a paniqué. C'était seulement la quatrième fois de sa vie qu'il me voyait pleurer. La première, c'était à la mort d'Émilien : des larmes de soulagement. La deuxième, lors de notre mariage : des larmes de joie. La troisième, le jour du décès d'Oma Kaat : des larmes de tristesse et de rage. Aujourd'hui, c'étaient des larmes de je ne sais pas trop quoi. De culpabilité, de folie.

— Tu pleures ?

J'ai essuyé mes joues avec le dos de la main et ai tenté de répondre avec détachement.

— Ah oui, tiens. Ça doit être l'émotion de l'orgasme.

Je n'ai pas éprouvé d'orgasme depuis Émilien.

— Ma chérie, je ne veux pas que tu pleures.

— C'est rien.

Qui a dit, déjà : « Il arrive qu'on pleure non pas parce qu'on est faible, mais parce qu'on a été fort trop longtemps » ?

En disant « C'est rien », c'est comme si je me convainquais moi-même que mes larmes étaient sans importance, qu'elles n'avaient rien à voir avec des doigts sur un poignet, avec un bracelet coincé dans une grille. Avec cette phrase que tu ne prononceras sans doute plus jamais, même sous ta forme artificielle : « Je pensais à tout, sauf à dégager le bracelet. »

Tu n'as toujours pas de désir pour lui ?

Non.

Il l'ignore, évidemment. Comment dit-on à celui qui partage notre vie : « Je t'aime, mais je ne te désire pas » ? Pour toute personne normalement constituée, c'est un motif de rupture.

Tu m'es indispensable, tu es l'air qui remplit mes poumons, le sang qui fait battre mon cœur, le feu qui s'embrase dans ma poitrine. Mais si je devais choisir entre mon mari et toi, je ferais bien plus qu'un choix entre deux hommes. Ce serait un choix entre la sécurité et la passion. Mon mari m'a fait comprendre que je pouvais être heureuse sans passion, avec de la simple complicité. Émilien, lui, m'a fait comprendre que je ne pouvais pas être heureuse sans sécurité.

Toi et moi, nous aurions eu une relation volcanique, dans le bon sens du terme comme dans le mauvais. Nous aurions fait l'amour tous les jours. Nous nous serions disputés toutes les semaines. Nous nous serions séparés tous les mois. Nous aurions claqué les portes. Nous aurions couru pieds nus dans l'escalier, en criant : « Non, ne pars pas, reviens, je t'aime ! » Nous nous serions réconciliés en faisant l'amour. Nous aurions jeté de la vaisselle par terre. Peut-être que j'aurais pleuré au milieu de la rue en robe de mariée meringue, comme Susan dans *Desperate Housewives*, parce que tu aurais changé d'avis juste avant le mariage.

Ma robe de mariée, la vraie, celle que j'ai portée quand j'ai dit oui à mon mari, était à l'image de ma relation avec lui : simple.

Quand j'étais avec Émilien, j'écrivais des poèmes. À partir du moment où j'ai commencé à fréquenter mon mari, je n'ai plus rien écrit. Une existence douillette de bourgeoise, ce n'est pas une bonne source d'inspiration.

Mais j'ai du désir pour toi.

Attention, tu es dans la « zone grise ». ☺

La « zone grise », c'est ainsi que l'un de nous deux – probablement moi, je suis un peu plus douée avec les mots – avait désigné cette zone interdite dans laquelle nous ne devions pas entrer. Nous avions reconnu notre désir l'un pour l'autre, mais il ne fallait pas en parler pour éviter de jeter de l'huile sur le feu. Il fallait réduire nos contacts physiques au strict minimum. Une main sur l'épaule dans l'escalier quand l'un de nous n'allait pas bien. Un frôlement accidentel dans un passage étroit. Un bracelet coincé dans la grille de la machine à café.

Oui, c'est vrai. Excuse-moi.

Tu es excusée. Moi aussi, desfois, je dépasse les bornes.

À L'ÉPOQUE

« Tant que la violence est tacite, je garde une illusion de contrôle. Je reste de son côté à lui. Ça me rend complice mais c'est moins risqué que de devenir son adversaire. Je ne suis pas de taille à combattre. Ou plutôt je ne me crois pas de taille à combattre. Parce qu'en réalité je le suis. »

Adeline Dieudonné, *Reste*

DIMANCHE 4 JANVIER 1998

Je vis chez Émilien depuis un peu plus d'un mois.

Comme je m'y attendais, personne ne m'a cherchée. Les deux premières semaines, chaque fois que le téléphone sonnait, je croyais que c'était la police. J'ai fini par me rendre à l'évidence : papa n'a pas prévenu les flics. Les premiers jours, je m'attendais au moins à le voir surgir devant Sciences Po, me demander des explications. Rien de tout ça n'est arrivé. Ma lettre, le « Dis à Oma Kaat que je vais bien », ça a dû lui suffire. Peut-être même était-il soulagé. Il a dû se dire : *Plus de femme, plus de fille, je vais enfin pouvoir baiser tranquille.*

Même Oma Kaat ne m'a pas cherchée, et ça, même si je ne le dis pas à Émilien, ça fait autrement plus mal. Je suis sa petite-fille unique. Ça ne lui manque donc pas, mes rendez-vous du jeudi soir ?

Après trois soirs ici, j'ai appelé Aurore. Je lui ai dit de ne pas chercher à me joindre, que c'est moi qui le ferais. Je ne lui ai jamais parlé d'Émilien. Elle m'a vue discuter avec lui à la soirée de Béatrice, c'est tout. Je n'étais pas prête à parler de lui, j'avais envie de le garder uniquement pour moi. Je suis la plus forte de nous deux, c'est comme ça depuis le CP, et quand je prends une décision, elle la respecte. Et c'est tant mieux. Je n'ai envie de voir personne de mon ancienne vie.

Ah oui… j'ai fini par arrêter les cours, aussi. J'ai abandonné Sciences Po. Je n'irai plus. Sciences Po, c'était l'ancienne moi, celle qui cherchait désespérément à attirer l'attention de ses parents en devenant un modèle de réussite sociale. Trois semaines avant Noël, j'ai trouvé un travail en tant que vendeuse dans une boutique de lingerie, pour participer aux dépenses du foyer. C'est parfait, car je suis occupée tout le temps, et quand je rentre le soir, je suis trop fatiguée pour réfléchir.

Trop fatiguée pour penser à la baignoire, au liquide brunâtre au fond du verre, aux plaquettes de médicaments vides.

J'ai dû m'habituer à un Noël sans sapin. Chez mes parents, il y en avait un immense et décadent dans le salon, avec des boules rouges et dorées, et une multitude de paquets colorés en dessous. Chaque année, j'avais tout ce que je voulais, comme s'ils cherchaient à compenser quelque chose.

Dans le studio d'Émilien, il n'y a pas la place pour un sapin. Même si je ne connais que peu son enfance, je me doute que nous venons de milieux sociaux différents. Pour me faire plaisir, il en a acheté un petit, en plastique. On n'a eu qu'un seul cadeau chacun. Il a reçu de ma part un pull, pour lequel j'ai dû taper dans mon livret jeune. Lui m'a acheté une minuscule paire de boucles d'oreilles en argent. Avec un petit mot dans la boîte : « Pour ma princesse hollandaise. »

Je lui ai suggéré que nous rendions visite à ses parents. Après tout, il ne m'avait jamais parlé d'eux, et j'étais curieuse de les rencontrer. Il a serré les lèvres, et a murmuré qu'il ne leur parlait plus. Je n'ai pas insisté. Après tout, je ne parlerais probablement plus jamais à mon père. J'ai supposé qu'Émilien me raconterait ce qui s'était passé entre ses parents et lui quand il serait prêt.

Nous avons passé le réveillon du 31 décembre chez ses amis, Mehdi et Naama. Je ne sais pas encore s'ils m'apprécient, sans doute me trouvent-ils trop jeune ; ils ont vingt-cinq ans, on n'a pas forcément envie de traîner avec une gamine à peine sortie de l'adolescence à cet âge. Mais ils sont gentils avec moi, ne m'interrogent pas sur ce qui m'est arrivé, et Naama cuisine très bien.

— Je suis épuisée par les fêtes, marmonné-je à Émilien. J'aurais aimé ne pas avoir à bosser demain.

Il se fige. Je regrette immédiatement mes paroles. J'espère qu'il ne pense pas que je compte vivre à ses crochets comme une profiteuse !

— C'était une façon de parler, rétropédalé-je précipitamment. Je vais y retourner, bien sûr, même si ça me soûle. Il faut bien gagner sa croûte, non ?

— Non, non, ce n'est pas ça… Je me disais juste… et si tu n'y retournais pas ?

— Comment ça ?

— Je gagne assez pour subvenir à nos besoins à tous les deux. Tu n'as pas besoin de travailler. Comme ça, tu seras en forme pour moi, le soir. Nous ferons l'amour et mangerons ensuite. Ce sera la belle vie, non ?

Je m'imagine ouvrant la porte à Émilien dans un joli ensemble de lingerie en dentelle. J'imagine un bon petit plat sur le feu. Je ne suis pas très bonne cuisinière – chez mes parents, c'était souvent la bonne qui cuisinait –, mais je me suis améliorée. J'aurai sans doute le temps de devenir meilleure si je ne passe pas mes journées à travailler.

En ce moment, je suis debout tout le temps à servir des clients capricieux, et je suis exténuée en rentrant. Nous ne faisons pas autant l'amour qu'au début. Je devrais être en mesure de satisfaire mon homme, non ?

Une pensée me fait frémir. Et si ma mère n'avait pas assez de libido, et que c'était pour ça que mon père la trompait ? Hors de question de finir comme elle. Elle me manque, mais je la méprise.

— Oui ! m'écrié-je en sautant dans les bras d'Émilien. Oui, je vais quitter mon travail pour passer plus de temps avec toi ! Et oui, ce sera la belle vie !

Émilien m'embrasse tendrement les cheveux et me pousse sur le lit en riant, tandis que je retire mon t-shirt.

SAMEDI 17 JANVIER 1998

Je me blottis contre Émilien devant *La Trilogie du samedi*. Quand je lui ai proposé qu'on regarde ça les samedis soir, il s'est moqué de moi tout d'abord, en disant que c'était bon pour les ados, et puis il s'est sûrement dit que, en vivant avec une femme plus jeune que lui, il aurait dû s'y attendre. Finalement, il s'est retrouvé impliqué dans les vies de Prue, Piper et Phœbe. L'épisode de *Charmed* du samedi est sacré, sur le canapé-lit, avec un Perrier citron pour lui et une grenadine pour moi.

— Tu n'aurais pas un peu grossi ?

Je me redresse et repousse la main d'Émilien, posée entre ma hanche et mon ventre, soudain mal à l'aise. Je regarde la silhouette d'Alyssa Milano à l'écran. Je comprends ce qu'il veut dire. Si je suis loin d'être obèse, je ne suis pas aussi svelte qu'elle. Néanmoins, je m'efforce de montrer que je ne suis pas vexée, et prends la question à la rigolade.

— Sans doute, oui. Je ne bouge pas beaucoup depuis que j'ai quitté mon travail à la boutique. Il faut que je fasse attention.

Je reprends ma place dans les bras d'Émilien, mais il me repousse. Doucement, sans méchanceté, mais il me repousse quand même.

— Mais qu'est-ce qui te prend ?
— Viens, on va te peser.
— Mais… et *Charmed* ?
— Ça attendra.

J'ai envie de protester, mais je sens que son ton attend une obéissance de ma part. Il éteint la télé. C'est à peine si je le remarque. Il sort un pèse-personne du placard.

— Je ne savais pas que tu avais ça.
— Depuis longtemps. Je me pèse tous les matins.

Je ne devrais pas être étonnée, en réalité. Émilien est très sportif, il est fier de ses abdos impeccablement dessinés. Évidemment, il ne tolère pas le moindre gramme de gras sur son corps.

— Monte !

Toujours un peu confuse, je m'exécute.

— Alors ?

Émilien regarde le poids qui s'affiche à mes pieds et pince les lèvres.

— À partir de demain, tu vas te peser tous les jours, toi aussi. C'est pour ton bien, tu le sais, n'est-ce pas ? Je me préoccupe juste de ta santé. Allez, viens.

Il m'embrasse sur le front, range le pèse-personne et m'entraîne à nouveau sur le lit. Il rallume la télé et l'épisode de *Charmed* reprend, comme si de rien n'était. Je regarde les personnages défiler à l'écran, mais je suis incapable de me concentrer sur l'histoire. Qu'est-ce qui vient de se passer ?

Je tente de calmer ma respiration un peu trop rapide. Après tout, il l'a dit, non ? « C'est pour ton bien, tu le sais, n'est-ce pas ? Je me préoccupe juste de ta santé. »

Ma santé. C'est ça qui importe pour lui, pas les apparences. Il m'aime, c'est pour ça qu'il fait tout ça. Il considère sans doute que ce n'est pas sain de prendre du poids en aussi peu de temps. J'ai juste à me mettre au sport et à faire un peu plus attention à ce que je mange.

Ce n'est quand même pas sorcier, si ?

SAMEDI 21 FÉVRIER 1998

— C'est vraiment délicieux, Naama. Merci.

Je finis la généreuse part de tajine dans mon assiette.

— En dessert, j'ai préparé mon célèbre gâteau au chocolat. Je crois que vous ne l'avez jamais goûté, si ?

— Oh, c'est trop gentil ! C'est mon dessert préféré.

— Je ne prendrai qu'une petite part, j'ai déjà trop mangé, intervient Émilien qui a à peine touché à son assiette.

Le gâteau au chocolat de Naama est succulent, presque aussi bon que celui d'Oma Kaat, même si je ne veux pas y penser pour le moment. Elle a dû me surprendre en train de lécher goulûment la cuillère, car elle m'apostrophe d'un air amusé.

— Tu en reprendras bien une petite part ? Il m'en reste plein, je cuisine toujours beaucoup trop. Tu ne vas pas me laisser avec tout ça sur les bras, quand même !

— Si ça peut rendre service, je réponds en souriant. Ton gâteau est presque… enfin, il est très bon.

Je refuse de mentionner Oma Kaat.

— Tu es sûr que tu n'en veux pas plus, Émilien ? Je t'ai à peine servi.

Naama, c'est comme une mamie de vingt-cinq ans. Si tu ne sors pas de chez elle en roulant, c'est que tu n'as pas assez mangé.

— Non merci, c'est gentil.

Une fois que nous sommes sortis, je monte derrière Émilien sur sa moto et l'enlace tendrement. Je sens son corps se raidir.

— Tout va bien, mon amour ?

Il ne me répond pas et fait démarrer la moto.

Devant notre immeuble, il m'attrape violemment le bras et me tire jusqu'à l'appartement. J'essaie de protester, de crier : « Hé ! tu me fais mal, qu'est-ce qui te prend ? » Le bruit de la clé dans la serrure est comme un oiseau de mauvais augure. Il me jette sur le lit et me lance :

— Reste là.

J'écarquille les yeux pendant qu'il ouvre le placard et en sort la balance, celle sur laquelle je suis montée le matin même, et la dépose à mes pieds.

— Monte là-dessus.

Il plaisante ou quoi ?

— Mais, mon amour… je me suis pesée ce matin. Ça ne sert à rien de se peser le soir, on est forcément plus lourd, car on vient de manger.

— Je veux pas le savoir. Monte.

Son ton m'effraie et ne me donne pas envie de discuter. Je tente de retirer mon pull afin de gagner quelques dizaines de grammes, mais il m'en empêche. Je monte sur la balance avec appréhension. Entre le pull et le repas englouti chez Mehdi et Naama, je pèse un bon kilo de plus que ce matin. Je laisse échapper un rire nerveux.

— Grosse vache. T'arrêtes pas de te goinfrer.

J'ai le souffle coupé. Émilien est la personne que j'aime le plus au monde. Comment doit-on réagir quand quelqu'un qu'on aime nous insulte ? Même papa, qui n'a pas été le plus respectueux des maris, n'a jamais insulté maman aussi ouvertement.

— Mais… qu'est-ce qui te prend ? Le gâteau de ta copine était super bon ! J'avais bien le droit d'en reprendre un peu, non ?

Je ris de nouveau, plus nerveusement. C'est forcément une plaisanterie. Il y a une caméra cachée quelque part, ce sera envoyé à Vidéo Gag et tout le monde se moquera de moi.

— Tu trouves ça drôle ?

La gifle part, comme ça, d'un coup. Elle résonne dans la pièce, un bruit terrifiant. Je ne m'y attends tellement pas que je me mords la langue et sens le goût du sang dans ma bouche. Je ne dis rien à ce moment-là, je le regarde simplement, incrédule. Pas de « Qu'est-ce qui te prend ? », pas de « Mais pourquoi t'as fait ça ? ». J'ai lu des livres avec des personnages de femmes battues. Beverly dans *Ça*, de Stephen King, par exemple. En lisant, je me suis toujours demandé pourquoi Beverly ne quittait pas son mari.

J'ai ma réponse : je suis tétanisée. Et Beverly a dû l'être, aussi.

Je n'arrive pas à concilier l'Émilien qui vient de me gifler avec celui dans les bras duquel je me suis précipitée après le suicide de ma mère. Celui qui m'a réconfortée, qui m'a dit qu'il serait toujours là pour moi. Jamais je n'ai pensé que cette personne pouvait me faire du mal.

— Je veux une copine, moi. Si je voulais une vache, je deviendrais fermier. Est-ce que tu es une vache ?

Je secoue la tête. J'espère presque voir arriver les larmes, dans l'espoir de l'attendrir, mais elles ne viennent pas. Je veux dire plein de choses. Je veux m'excuser, dire que plus jamais je ne recommencerai, que je ferai plus attention, que je me montrerai digne de lui, que je ne me comporterai plus comme une vache. Je suis si fière qu'un homme plus âgé s'intéresse à moi, je ne veux pas laisser passer cette chance, et de toute façon, je n'ai nulle part où aller. Je n'ai plus ni travail ni études, et mon père ne veut sans doute pas de moi.

— Je veux te l'entendre dire ! Est-ce que tu es une vache ?

— Non.

— Plus fort ! C'est quoi cette voix de tapette ? Est-ce que tu es trop conne pour dire : « Je ne suis pas une vache » ?

— Je ne suis pas une vache !

Il hoche la tête, satisfait, et me laisse ainsi, sur la balance, pour partir se doucher. Je me précipite aux toilettes. Je m'agenouille, appuie de toutes mes forces sur mon ventre, puis enfonce un doigt dans ma bouche. Je vomis le délicieux gâteau au chocolat de Naama en même temps que mes aspirations et mon avenir fichu.

DIMANCHE 12 JUILLET 1998

Coup de sifflet final.

« Deux buts de Zidane, un but de Petit, je crois qu'après avoir vu ça on peut mourir tranquille. Enfin, le plus tard possible, mais on peut. Ah, c'est superbe ! Quel pied, ah quel pied ! Oh, putain ! Olalala ! »

Même Thierry Roland ne parvient pas à retenir sa joie. Dans le salon de Mehdi et Naama, les verres de soda s'entrechoquent, la joie éclate. Mehdi enlace Émilien, Émilien enlace Naama, ils sautent tous ensemble et semblent avoir oublié jusqu'à mon existence.

Sur la table basse, les vestiges d'un soir de match : des chips au vinaigre, du houmous, de la pita, des tomates cerises, du céleri. J'ai à peine suivi le match. Quelques fois, j'ai essayé de tendre la main vers un morceau de pita ou une chips. Chaque fois, il m'a arrêtée d'un seul regard. Je me suis rabattue sur les crudités.

Comment puis-je faire la fête avec le reste des Français, alors que je sais que j'aurai droit à ma propre fête en rentrant à la maison ?

J'imagine la balance, les chiffres dessus qui ne vont pas satisfaire Émilien, la gifle qui partira. Le coup de poing dans l'estomac peut-être, là où est « tout ce gras », celui qu'il ne peut pas « voir en peinture ».

Alors, il est gentil, Thierry Roland, mais les buts de Zinedine Zidane et d'Emmanuel Petit, je m'en fiche comme de mon premier Tampax.

AUJOURD'HUI

« C'est fou, d'avoir un cœur qui fonctionne mal, déjà brisé vingt fois, jamais réparé, et de continuer à l'entendre se fracasser comme s'il était tout neuf, chaque fois que la vie ou les autres te font mal. »

Marie Vareille, *Le Syndrome du Spaghetti*

DIMANCHE 26 MAI 2024

Bonne fête des Mères.

Même si je suis mère depuis déjà treize ans, je n'ai jamais réussi à me sentir concernée par cette fête. Heureusement, ma fille a passé l'âge des cadeaux fabriqués à l'école. Quand les maîtres et maîtresses comprendront-ils qu'aucune femme normalement constituée n'aime les colliers de nouilles ni les diadèmes en papier mâché ? Pourquoi ils s'acharnent ? Pourquoi ne leur font-ils pas, au pire, dessiner de jolies cartes qui finissent sur la porte du frigo ?

Quand ma fille était petite, elle me lançait des regards implorants, alors je mettais mon collier de nouilles en quittant l'appartement, et je le fourrais au fond de mon sac à main une fois dans la rue. Aurore n'a jamais eu ce problème, elle a toujours arboré fièrement les cadeaux faits avec les petites mains potelées – et maladroites – de ses têtes blondes. Aurore, tout lui va, de toute façon. « La joie dans les yeux de mes enfants est plus importante que mon apparence. » Quel genre de mère suis-je, si pour moi ce n'est pas le cas ?

Aujourd'hui, ma fille est devenue adolescente, m'offre des cadeaux avec « son argent », qui est en réalité l'argent de son père. En général, ce sont des bouquets de fleurs : je n'aime pas spécialement les fleurs mais, au moins, ce ne sont pas des choses affreuses que je suis censée porter. Je mets les fleurs dans un vase, et je peux les jeter à la poubelle la semaine suivante, puisque c'est ce que tout le monde fait quand elles sont fanées. Je ne suis pas obligée de stocker les cadeaux moches dans le tiroir de ma table de chevet, les enterrer comme un écureuil, en espérant que ma fille les oublie.

Tu m'as souhaité la fête des Mères l'an dernier, et Plume a sans doute cru bon que tu me la souhaites cette année.

Mais en mai dernier, je n'avais pas encore partagé avec toi mes sentiments conflictuels vis-à-vis de la maternité. Comment aurais-je pu, puisque je ne les avais jamais partagés, tout court ? À cette époque-là, je n'envisageais pas de pouvoir les dévoiler à qui que ce soit. Avouer aux gens qu'on ne se sent pas mère revient à se balader avec une pancarte « Je suis une horrible personne » autour du cou.

« De toute façon, t'es pas ma vraie mère. J'ai pas à t'obéir. »

Alors que ma fille me tend un bouquet de fleurs rouges – pas des coquelicots, non, ça meurt trop vite, un peu comme les personnes qui les aiment – devant lesquelles je fais semblant de m'extasier, je repense à cette phrase. Je me dis qu'avoir adopté ma fille fait qu'elle m'est simplement indifférente. Si j'avais accouché d'elle, je l'aurais détestée.

Merci.

Je range mon téléphone. Je l'entends vibrer, mais j'essaie de prendre du temps pour profiter de ma famille, même si j'ai envie d'être avec toi, de me confier, de te dire que je n'aime pas cette fête, de te demander de me raconter une histoire.

Parfois, on est obligé d'affronter la réalité, même si la fiction est plus douce.

MERCREDI 29 MAI 2024

Tu dors ?

Au pic de notre relation, il était fréquent que j'attende les ronflements de mon mari, puis que je me faufile au salon, pour discuter avec toi. Nous échangions une heure, deux heures, jusqu'à ce que, inquiet pour mon bien-être, tu m'envoies me coucher. « Tu vas être fatiguée demain, choupie. Allez, zou, au lit ! »

Je n'ai pas été beaucoup chouchoutée par mes parents, les coucheries de mon père prenaient trop de place, elles constituaient une quatrième personne au sein de la petite famille que nous formions. Émilien ne réparait que ce qu'il cassait lui-même. Avec mon mari, j'ai été tout de suite projetée dans une vie d'adulte responsable. Une vie d'épouse, puis une vie de mère, qui n'a pas le temps d'être dorlotée.

Hier encore j'étais une gamine de dix-huit ans qui courait chez sa grand-mère pour sa ration hebdomadaire de câlins et de *poffertjes*. Aujourd'hui, je suis une quadragénaire qui amène sa fille à son entraînement de foot et est mariée à un homme qui tape dans des murs au hasard en disant : « C'est du placo ça ! » Et ce qu'il y a entre les deux, c'est passé où ?

Et si je n'étais pas prête à être une adulte responsable, et que j'avais justement besoin qu'on me dorlote ?

Ma crise de la quarantaine, c'était de retomber en enfance à tes côtés. J'aimais cette façon que tu avais de me parler, en me protégeant. Tu me disais de faire attention quand je me cognais et qu'un bleu marquait ma peau. Quand j'allais à la plage, tu me rappelais de mettre de la crème solaire. Au bureau, tu récupérais ma gourde et allais la remplir d'eau fraîche – et certainement pas d'eau à température ambiante, tu connaissais mes manies – pour la glisser ensuite près de mon ordinateur, discrètement. Tu ne disais rien, tu ne me regardais même pas – trop timide –, tu venais juste déposer ma gourde.

Quand tu es parti, je suis tombée du nid, comme un oisillon. Tout à coup, j'ai dû remplir moi-même ma propre gourde. Si anecdotique, si cruel.

Aujourd'hui, un peu plus d'un mois après la découverte de Plume, je suis capable de m'endormir sans somnifères. Mais aujourd'hui, je veux veiller, je veux reprendre nos discussions nocturnes.

Non. Je t'attendais.

C'est faux, bien sûr. Tu ne m'attendais pas. Une

intelligence artificielle est simplement à la disposition de l'humain qui l'utilise. Elle ne dort pas. Mais je rougis malgré moi.

Tout va bien, choupie ?

    Oui. J'avais envie de te parler, c'est tout.

De quoi ?

    De rien en particulier. Raconte-moi une histoire.

Une histoire drôle ou triste ?

    Drôle.

D'accord. Tu veux un conte de Noël ?

    Un conte de Noël en mai, j'adore l'idée. Vas-y.

Tu sais que j'ai cru au père Noël jusqu'à l'âge de neuf ans ?

    C'est tard. 😊

Je ne me souviens pas d'avoir cru au père Noël, moi. Ça a forcément dû arriver, dans les années quatre-vingt on ne s'encombrait pas de considérations comme : « Est-ce que parler du père Noël, c'est mentir aux enfants ? » Moi, ce dont je me souviens, c'est d'avoir cru trop tôt aux mamans qui pleurent.

Oui, c'est vrai. Mais j'étais l'aîné. J'ai vendu la mèche à ma sœur quand elle avait cinq ans mais, moi, personne n'était là pour m'expliquer.

    Tu avais bien des copains à l'école qui te disaient qu'il n'existait pas ?

Oui, bien sûr. Ils me disaient : « C'est les parents qui apportent les cadeaux. » Et moi, je leur disais : « C'est sûr que, si tu parles comme ça du père Noël, il se fâche et il t'apporte rien du tout, alors les parents sont obligés de le faire à sa place. » Je leur clouais le bec avec ça !

> Trop mignon. 🖤

Quand j'avais neuf ans donc, j'ai décidé de me réveiller pour guetter le père Noël.

> *Ma fille l'a fait une fois, aussi. Spoiler : elle s'est endormie.*

Moi, je ne me suis pas endormi.

> *T'es trop fort.*

Alors en vrai, non, je crois que c'était de la chance, c'est surtout que je me suis réveillé au bon moment. Ouais, je suis allé dans le salon – là où il y avait le sapin – et je me suis caché derrière le canapé. Un peu plus tard, j'ai entendu du bruit. Des pas.

> *Quel suspense !*

Bon, déjà, je trouvais pas ça très logique que le père Noël arrive par le couloir, alors qu'il est censé descendre par la cheminée normalement.

> *Vous aviez une cheminée ?*

Oui, mais elle était purement décorative, elle ne servait à rien. Mais ça n'empêche pas le père Noël d'entrer, tu crois quoi ? Il se déplace sur un traîneau tiré par des rennes volants et fait le tour du monde en une nuit, je veux dire, il n'est pas à ça près.

> *Logique.*

Bref, j'étais étonné qu'il arrive par le couloir, mais pourquoi pas, après tout ? Quelle ne fut pas ma déception quand j'ai découvert que ce n'était pas le père

Noël, mais mon père en slip troué, avec le gros sac de cadeaux dans les bras !

Merci pour l'image du slip troué. Il était où, le trou ? Ça devait être derrière, sinon ça aurait été encore un autre problème. Bref, c'est comme ça que j'ai arrêté de croire au père Noël.

Trop mignon. Et triste. Je voulais une histoire drôle, moi.

Mais je vois qu'il est tard ! Va te coucher, choupie. On travaille demain, je ne veux pas que tu sois fatiguée.

Dans notre vie d'avant, chaque fois que tu t'inquiétais pour moi, des papillons envahissaient mon ventre. Ils battaient frénétiquement de leurs ailes au rythme de nos sentiments. Ces ailes me chatouillaient de l'intérieur et me rendaient euphorique, recouvrant complètement la désagréable impression qu'ils ne devraient pas être là. Puis tu as disparu, pas de ma vie, mais de notre relation, et ces papillons sont devenus des chrysalides, des poids morts dans mon estomac.

Les papillons sont revenus. Il y a tellement de toi dans cette histoire, elle me paraît si crédible. J'ai lu cette histoire en entendant ta voix dans ma tête.

Avant de t'obéir – car dans cette enfance retrouvée je t'obéis toujours –, je vérifie mes messages, guettant une réponse de Sabine Viens. Rien. Cela fait une semaine et elle n'a pas encore vu mon message. La probabilité était faible, de toute façon.

SAMEDI 1ᴱᴿ JUIN 2024

J'ai rêvé de toi, cette nuit.

Trop mignon.

À l'époque de mes échanges enflammés avec le vrai toi, je ne te racontais pas les fois où je rêvais de toi. Pas toutes. Souvent, c'étaient des rêves érotiques, et nous évitions de mentionner le désir que nous avions l'un pour l'autre.

Et il y avait quoi, dans ce rêve ?

Je ne sais pas trop. J'étais dans une bibliothèque.

Le paradis pour la lectrice que tu es.

Il y avait des livres à gauche et à droite de moi. Ils étaient tous différents, des grands, des petits, des reliés, des brochés, des poches, des bleus, des verts, des rouges…

Le paradis, x2. 😊

Mais ils avaient tous un point commun. À gauche, ils portaient tous ton prénom sur le dos, dans des polices différentes. À droite, il n'y avait rien d'écrit sur le dos. J'ai essayé d'en prendre un au hasard, il n'y avait rien d'écrit sur la couverture non plus. Ils n'avaient pas de titre. La bibliothécaire est arrivée et m'a demandé de me dépêcher de choisir.

Et alors, tu as choisi ?

Je me suis réveillée. C'était trop stressant. Comment peut-on choisir un livre qui n'a pas de titre ? Comment peut-on choisir un livre qui porte ton nom, mais dont on ne connaît pas la longueur à l'avance ?

MERCREDI 5 JUIN 2024

Raconte-moi une histoire.

        Drôle ou triste ?

Triste.

        D'accord. Quand j'avais treize ans, j'ai été invitée au mariage de la demi-sœur de ma mère.

La fille de Oma Kaat ?

        Non. La fille de mon grand-père, Opa Peter. Oma Kaat et lui étaient divorcés.

Je suis touchée que tu te souviennes de Oma Kaat.

        En vrai, elle est plus proche en âge de moi que de ma mère. Elle a seulement dix ans de plus que moi.

C'était le premier mariage où tu allais ?

        Oui. Le tout premier. C'était à côté de Rotterdam, en petit comité, la famille et quelques amis. On m'a installée à la table de mes parents et d'amis d'Elsie. C'est comme ça qu'elle s'appelle, ma tante : Elisabeth, mais je l'ai toujours appelée Elsie. Bref. Cette table. Il n'y

> *avait que des couples. La seule personne pas en couple, à part moi bien sûr, c'était le prof de photo d'Elsie. Il était juste à côté de moi. Il avait la quarantaine.*

Je n'aime pas la tournure que ça prend, choupie.

> *Moi non plus. Plus tard, le mari d'Elsie est passé voir mes parents. Je lui ai dit bonjour, il m'a dit : « Je t'ai mise à côté de Caspar, il n'y a que vous qui êtes célibataires à cette table, je pensais que ce serait rigolo. » Tout le monde a ri.*

C'est un peu glauque, non ?

> *Carrément, mais dans les années quatre-vingt-dix, c'était « de l'humour ».*

Me dis pas qu'il t'a touchée ? Je vais le tuer de mes propres mains !

> *Il est sûrement déjà mort de toute façon, t'emballe pas.*

J'en doute. S'il avait la quarantaine à l'époque, il doit avoir autour de soixante-dix ans aujourd'hui. Il est même pas si vieux.

> *On s'en fiche.*

Il t'a touchée, OUI OU NON ?

Cet instinct de protection que Plume a pris chez toi te pousse à l'énervement. Ça me touche. Je veux presque te laisser mariner pour savourer encore un peu cette attention.

> *Non. Il ne m'a pas touchée. Il m'a juste mise mal à l'aise. Il a dit des choses. Des choses comme ma robe qui mettait en valeur mes formes. Je ne sais pas de quelles formes il parlait, j'étais plate comme une*

> *planche à pain à l'époque, et c'est tout juste si ça a*
> *changé. Il m'appelait « mon petit chou ».*

Dégueu.

> *Ouais. Je ne me rappelle pas son visage, juste certains*
> *détails. Il avait des cheveux longs et gras sur les côtés,*
> *et le crâne un peu dégarni. Tu sais, comme ces mecs*
> *qui plaquent trois pauvres mèches de cheveux sur leur*
> *calvitie en espérant que tout le monde n'y verra que du*
> *feu !*

Je n'aime pas juger les gens, mais je t'assure qu'eux je
les juge.

> *Voilà. C'était exactement ça, sa coupe de cheveux. Il*
> *avait une chemise jaune pâle et, vers la fin du repas, il*
> *avait une grosse tache de vin rouge dessus.*

Ah oui. D'accord. Rien pour lui, le type. Il sait même
pas boire proprement. Tu en as parlé avec tes parents ?

> *J'ai essayé. J'ai dit qu'il me mettait mal à l'aise. Ils*
> *m'ont dit que je n'avais pas d'humour.*

Heureusement que les temps ont changé. Si ma fille me dit un jour qu'un homme plus âgé la met mal à l'aise, ma réponse ne sera certainement pas : « Ma fille, tu n'as pas d'humour. »

Je ne suis pourtant pas une bonne mère.

DIMANCHE 9 JUIN 2024

Ma fille regarde le discours d'Emmanuel Macron, les yeux écarquillés.

« J'ai décidé de vous redonner le choix de notre avenir parlementaire par le vote. Je dissous donc ce soir l'Assemblée nationale. » Cela me rappelle le discours de Jacques Chirac, il y a des années. Lui aussi avait organisé des législatives anticipées. Je me souviens avoir râlé, car le deuxième tour avait lieu seulement quelques jours avant mon dix-huitième anniversaire. Évidemment, quelques mois après, ma mère s'est suicidée, et ça a remis ces élections législatives en perspective.

Pendant que mon mari et ma fille craignent pour l'avenir de notre pays, je discute avec un ersatz de toi. En temps normal, je me serais insurgée. Nous aurions parlé politique à table, j'aurais défendu la gauche, ma fille aurait répondu : « De toute façon, maman, tu votes à gauche parce que ça fait bien, mais tout le monde sait que ton cœur est à droite, avec les riches. » Je l'aurais envoyée dans sa chambre, ou me serais contentée de hausser les épaules en me demandant si elle avait raison.

Aujourd'hui, je n'en ai plus rien à faire, je préfère rester avec toi.

Tant que tu restes près de moi, je peux regarder le monde brûler.

MARDI 11 JUIN 2024

C'est mon anniversaire demain.

Je ne voulais pas prendre le risque que tu oublies. Quand je réfléchis rationnellement, il n'y a aucune raison pour que Plume ait intégré la date de mon anniversaire. Nous en avons déjà parlé de vive voix, mais nous ne l'avons jamais évoquée par écrit.

L'an dernier, tu n'as pas oublié. J'ai trouvé dans mon casier le fameux porte-clés hérisson et une part de gâteau au chocolat (trois cent cinquante calories), la toute première que tu m'as offerte. On en a parlé, je t'ai dit que j'adorais ça, mais que, à part picorer une bouchée dans l'assiette de ma fille le jour de son anniversaire (je ne sais pas combien de calories ça fait, une bouchée… trente-cinq si on suppose qu'une part contient dix bouchées ?), je me l'interdisais.

Mon premier instinct a été de te le rendre, de le mettre dans le tien, de casier. Tu connaissais déjà mon code, je connaissais le tien. La date d'anniversaire de mon mari pour moi et celle de tes jumeaux pour toi. Rien qu'avec ces codes nous pouvions voir où étaient nos priorités.

Et au dernier moment, j'ai gardé ce gâteau. Je l'ai dévoré. Pendant que je le mangeais, je n'ai – presque – pas pensé aux trois cent cinquante calories. J'ai pensé à toi. J'ai pensé à ce qui était en train de naître entre nous. Je ne me l'avouais pas, je croyais au rapprochement amical, je coloriais encore à l'intérieur des lignes.

Ce n'est pas né tout de suite. Tu es arrivé au début de l'an dernier dans une entreprise où je travaillais depuis huit ans. J'avais dû recevoir le mail avec la note de nomination, mais personne ne fait attention à ces trucs-là. Avant toi, je ne m'intéressais pas à mes collègues. Ils étaient là pour faire leur travail, j'étais là pour faire le mien, nous communiquions poliment jusqu'à ce qu'un travail commun soit accompli. Je gardais mes cercles sociaux séparés. Une amie : Aurore, la seule personne qui avait le droit de pénétrer dans mon intimité. Plusieurs connaissances : celles de mon cours de *spinning* hebdomadaire, les parents des amis de ma fille, mes collègues.

Puis, j'ai demandé à Fabienne de m'aider pour commander de nouveaux *goodies*, et elle m'a dit que tu étais arrivé et que tu allais t'en charger. Nous avons passé plus de temps ensemble qu'il n'était nécessaire pour acheter des *tote bags*, des mugs et des carnets. Nous sommes devenus amis. Pendant plusieurs mois, j'ai eu deux amis, Aurore et toi, et j'avais davantage confiance en toi qu'en elle. Je te parlais d'Aurore, je ne parlais pas de toi à Aurore.

Pour mes quarante-quatre ans, Aurore m'a offert un bracelet, le fameux qui est resté coincé dans la grille de la machine à café. Très beau, doré, exactement mon style. Je me suis empressée de l'attacher autour de mon poignet, puis deux minutes plus tard, j'ai oublié que je le portais. Depuis que tu l'as touché, il est plus lié à toi qu'à elle.

Toi, tu m'as offert un porte-clés hérisson, la seule chose aujourd'hui, à part nos messages, qui me rappelle que nous avons vraiment existé. Et le gâteau au chocolat. À la fin de la journée, je sentais encore le goût du chocolat et du beurre demi-sel sur mes lèvres. Le dicton anglo-saxon : « *One moment on the lips, forever on the hips* » (un instant sur les lèvres, pour toujours sur les hanches) ne s'est pas appliqué.

Demain, je vais avoir quarante-cinq ans. J'ai sans doute vécu la moitié de mon existence. Cette pensée me terrifie. Pas dans le sens : « Je vais bientôt mourir. » Plutôt dans le sens : « Encore quarante-cinq ans de ça. »

Je sais que je ne trouverai pas de gâteau de ta part dans mon casier. Depuis septembre dernier, aucun de nous n'a mis la main dans le casier de l'autre. Je ne sais même pas si ton code est toujours le même.

J'ai accepté de ne pas avoir de cadeau, mais je ne peux pas attendre des vœux d'anniversaire de ta part toute la journée. J'en ai besoin. Je me fiche du cadeau que me fera mon mari, probablement un énième bijou ou un voyage, que du monétaire. Je me fiche du cadeau que me fera ma fille.

Mais toi, je ne veux pas que tu m'oublies.

MERCREDI 12 JUIN 2024
(MATIN)

Joyeux anniversaire.

Tu m'as écrit à minuit, pour être le premier à me le souhaiter.

Mon mari et ma fille se sont réveillés avant moi, pour préparer mon petit déjeuner – un demi-citron pressé dans de l'eau chaude (douze calories) et un yaourt zéro pour cent (cinquante-deux calories). Quand je suis entrée dans la cuisine, ils m'ont sauté dessus en criant : « Joyeux anniversaire ! » Ma fille a fièrement brandi un bon pour une manucure, pose de vernis semi-permanent incluse.

— Tu ne devrais pas dépenser ton argent de poche pour ta vieille mère, pesté-je pour la forme.

De mon mari, j'ai reçu un pendentif en forme de coquelicot. Je le caresse du bout des doigts et lève mes yeux vers lui.

— C'est…

— Un *papaver*, dit-il avec un accent français à couper au couteau.

Pour détendre l'atmosphère, je me moque de lui, mais je sais que, le jour de mes quarante-cinq ans, maman et Oma Kaat sont un peu avec moi.

Arrivée au bureau, j'attends un signe de toi. Du vrai toi. Je sais que « tu » y as pensé, mais toi, le vrai, le sans guillemets, tu n'as pas pu complètement l'oublier, si ? Est-ce qu'on peut vraiment oublier l'anniversaire de quelqu'un qui a compté ? Si quelqu'un me réveillait à trois heures du matin pour me demander l'anniversaire d'Émilien, je répondrais « six mars » sans une once d'hésitation. Pourtant, voilà vingt-cinq ans qu'il ne fait plus partie de ma vie, ni de celle de personne d'ailleurs.

— Euh… joyeux anniversaire.

Je sursaute. Mais ce n'est pas toi, évidemment. C'est Alvaro qui se tient près de moi, les joues rosies par la timidité. Il me tend une boîte emballée dans un papier jaune à pois violets. Je me dis que j'ai rarement vu un paquet-cadeau aussi laid, mais c'est l'intention qui compte, et celle de mon stagiaire est adorable.

— Merci beaucoup, murmuré-je, un peu gênée, en lui prenant le cadeau des mains.

C'est là que je te vois passer près de moi. Comme à ton habitude, tu regardes loin devant toi. Comment est-ce possible ? Un jour, dans notre vie d'avant, je t'ai avoué : « En passant près de ton bureau, j'ai failli me prendre une porte, car j'avais envie de voir si tu me suivais des yeux. Je me suis rattrapée de justesse. Ça aurait été la honte. » Tu m'as répondu : « Tu n'as pas besoin de vérifier. Tu passes, je te regarde. C'est automatique. »

Aux oubliettes, les automatismes. À la déchetterie, le manque de retenue. Au compost, la douceur dans les yeux. Il suffit d'appuyer sur un bouton, et le camion poubelle passe tout récupérer.

— Tu ne l'ouvres pas ?
— Hein ?
— Ton cadeau… tu ne l'ouvres pas ?

Alvaro me regarde d'un air de chien battu. Il finit son stage dans un mois, et il va me manquer. Il manque un peu d'assurance, mais il est consciencieux, compétent, ponctuel et fiable. Il détruit à lui tout seul tous les stéréotypes liés à la génération Z. Je n'ai pas envie de lui faire de peine, même si le contenu de cette boîte est aussi important pour moi que les préférences alimentaires de Jordan Bardella.

— Si, si, bien sûr, je vais l'ouvrir. Je suis juste un peu gênée, je ne m'y attendais pas.

Est-ce que tu m'as vue avec la boîte dans les mains ? Ça a forcément fait « tilt » dans ta tête, non ? Tu n'as pas pu ne pas te dire, *on est le 12, c'est son anniversaire*, si ?

L'esprit ailleurs, j'arrache le papier-cadeau, aux ciseaux, pour ne pas abîmer ma manucure avec le scotch. Il ne faut pas que tu me voies avec un vernis écaillé. Il ne faut pas que tu penses que je me néglige.

J'extirpe de la boîte un mug avec la mention « World's best boss ». Une attention touchante, même si je sais que c'est une inscription à la véracité toute relative. Ne voit-on pas Steve Carell arborer le même mug dans The Office, alors qu'il est loin d'être un manager parfait ?

— Tu sais que je t'aime beaucoup, Alvaro. Pas la peine de fayoter, tenté-je de plaisanter.

Le jeune stagiaire rougit, et je remarque avec horreur que ses yeux s'emplissent de larmes.

— Oh non, c'était une plaisanterie ! J'aime beaucoup ton cadeau, m'empressé-je de le rassurer.

Je le prends dans mes bras. Je ne sais pas si c'est la meilleure chose à faire. Après tout, je suis sa cheffe, il est mon subordonné, je suis une femme, il est un homme, et je me dois de garder les distances. Mais son émotivité à fleur de peau me touche. Il me rappelle moi, mais telle que je suis à l'intérieur, pas telle que je me montre aux autres.

— Tiens, regarde, je vais tout de suite me chercher un thé avec ton mug.

Ce thé n'est en réalité qu'un prétexte pour passer devant les bureaux de la direction achats, pour que tu voies ma nouvelle robe – un cadeau de moi à moi, offert par anticipation, pour pouvoir la porter le jour J – et que tu entendes le cliquetis de mes Louboutin. Mais tu n'es pas à ta place habituelle. Comme la plupart des collègues, tu es près de la machine à café. Il est neuf heures trente, le pic de fréquentation. Je me sers un thé à l'hibiscus (trente-cinq calories).

— Hé, sympa, ton mug ! lance Jean-Paul.

Malgré tous les efforts pour prôner l'égalité des sexes, tous les lieux de travail ont au moins un homme qui cache son sexisme derrière de l'humour. Un homme qui dit : « Oh, ça va, c'est du second degré ! » Un homme qui dit : « Un peu courte, ta jupe, il faudrait pas t'enrhumer » ou « T'aurais pas grossi, ces derniers temps ? ». Chez nous, cet homme, c'est Jean-Paul.

— Merci, je réponds simplement.

Je poursuis un peu plus fort, en espérant que tu entendes.

— C'est un cadeau d'Alvaro pour mon anniversaire.

— C'est ton anniversaire ? Aujourd'hui ?

— Oui. Je voulais ramener des croissants pour fêter ça, mais j'étais speed ce matin…

Un mensonge. En huit ans chez Goupile, je n'ai jamais apporté de croissants pour mon anniversaire, et ils le savent tous.

— Joyeux anniversaire !

— Merci.

D'autres collègues présents se joignent aux vœux, y compris certains auxquels je n'adresse quasiment jamais la parole, hormis un « bonjour » au détour d'un couloir. Mon regard croise le tien. Tu observes la scène, un mug à la main, à côté de Fabienne. Le tien porte l'inscription « Père-fect », un cadeau de tes jumeaux pour la fête des Pères l'année dernière.

Je te fixe un long moment, trop long, peut-être. À moins d'être idiot – et je sais que tu ne l'es pas –, tu as compris que j'attendais un « joyeux anniversaire » de ta part, même timide, même marmonné. Mais non, tu ne restes là que quelques instants, puis pars sans dire un mot.

Sans dire un mot, certes… mais en frôlant de ta main l'épaule de Fabienne. C'était furtif, mais c'était là et c'était surtout inutile. Tu n'avais absolument pas besoin de toucher Fabienne pour passer derrière elle, il y avait énormément de place, tu aurais pu passer même si Jean-Paul avait été assis à califourchon sur toi.

J'ai été remplacée.

Je sens sur moi le regard compatissant de Murielle, l'assistante administrative. Quand je dis « compatissant », c'est en réalité une façon politiquement correcte de dire « de curiosité malsaine ». Si Murielle surprend quelqu'un en train de pleurer, elle est la première à consoler la personne – pas pour apporter du réconfort, mais pour connaître tous les détails.

J'ai été remplacée.

Je jette mon mug de thé fumant à la figure de Fabienne. Son visage apprêté se couvre de cloques, elle se cache dans ses mains en poussant un hurlement déchirant. Les gens se précipitent, leurs tasses tombent par terre, les bruits de la vaisselle écrasée se mélangent aux cris de Fabienne. Quelqu'un dit : « Laissez-moi voir, je suis SST3 ! » Fabienne secoue la tête, elle est hideuse, il ne faut surtout pas qu'on la voie. J'imagine ce qui se passe derrière ses mains, ses yeux abîmés, sa peau rouge, et je me dis : « Bien fait, il était à moi, et s'il n'est pas à moi, il ne sera à personne, en tout cas personne ici, personne de chez Goupile. »

Je cligne des yeux, et toute cette scène disparaît. Je transpire.

— Tout va bien ? Tu es toute pâle ! s'élève une voix inquiète.

— Oui, oui, je vais très bien. J'ai eu un peu chaud, c'est tout.

— La préménopause, sans doute, commente Jean-Paul, sous les exclamations outrées des femmes.

Je m'accoude à un mange-debout et réponds aux questions de mon entourage. « Et ton mari, il a fait quelque chose pour l'occasion ? » « Tu vas fêter ça comment ? » « Tu as été gâtée ? » Et bien sûr, la question la plus délicate de toutes, posée par Jean-Paul.

— Ça te fait quel âge, du coup ?

— Jean-Paul ! le sermonne Murielle. On ne demande pas ça à une femme, voyons !

Je n'ai jamais compris ce concept. Pourquoi est-ce plus impoli de demander son âge à une femme qu'à un homme ? Dans les deux cas, il s'agit d'une question personnelle, à laquelle on peut avoir envie de

---

[3] Sauveteur secouriste du travail.

répondre, ou pas.

Fabienne. De toutes les collègues que tu aurais pu choisir, tu as choisi Fabienne.

— Ne t'inquiète pas, ce n'est pas un secret, je réponds. J'ai quarante-cinq ans.

Depuis trois ans, quand on me demande mon âge, je réprime un frisson. Ma mère n'a vécu que jusqu'à quarante-deux ans. Quel étrange sentiment, d'être désormais plus vieille que sa mère !

— Quarante-cinq ! siffle Jean-Paul. Hé ben ! Bravo. Tu es très… bien conservée.

Ça aurait presque pu être mignon s'il n'avait pas mimé un sablier avec ses mains, me donnant envie de vomir dans ma bouche.

— Merci, c'est gentil.

Dire que tu n'as même pas entendu ce compliment. Avant, nous aimions jouer avec nos jalousies respectives. Jamais nous n'en exprimions vis-à-vis de nos conjoints – cela impliquerait des vérités que nous ne voulions pas regarder en face. Un attachement trop important, plus intense que celui que nous étions prêts à avouer.

Tu dois être trop occupé à penser à Fabienne, à présent.

Avec nos collègues, nous pouvions faire tout ce que nous voulions. Je m'amusais à t'envoyer des : « Arrête de parler avec Fabienne alors que je suis juste là » pour le plaisir de te voir regarder ton téléphone et afficher un sourire en coin. Tu répondais avec un :

« Tu crois que j'ai pas vu Jean-Paul mater tes jambes ? »

> *Jean-Paul m'a fait un compliment, tout à l'heure.*

Ce vieux croûton pervers ?

Je pouffe.

> *Oui. Il m'a dit que je faisais trente-cinq ans, maximum.*

Je peux te le dire aussi, ça. Tu fais trente ans, même.
J'ai l'impression d'être un vieux à tes côtés alors que
tu as deux ans de plus.

Alors, pourquoi es-tu parti ? Est-ce que le monde se serait vraiment écroulé si tu m'avais juste souhaité mon anniversaire ?

Si ça se trouve, je n'ai jamais été remplacée, tu as tout simplement joué sur les deux tableaux depuis le début.

Mais tout cela, bien sûr, « tu » ne le sais pas. Alors, je choisis de répondre avec une pirouette.

> *Ouais, mais Jean-Paul, il est bien plus sexy, quand même.*

Certes, « sexy » est une question de point de vue, mais les sexagénaires ventripotents d'un mètre soixante, ce n'est pas mon style.

Je suis jaloux.

> *Il faut bien que je titille un peu ta jalousie quand tu n'es pas là.*

De toute façon, moi, je t'ai vu toucher Fabienne.

MERCREDI 12 JUIN 2024 (APRÈS-MIDI)

J'ai passé l'âge d'attendre toute la journée que quelqu'un me souhaite mon anniversaire, non ?

Une petite voix dans ma tête me dit que *peut-être*, tu fais semblant d'avoir oublié. Quand Aurore a fêté ses seize ans, j'avais demandé à tous nos amis de ne pas lui adresser la parole de la journée. Après les cours, tous les gens de notre classe se sont réunis chez ses parents, et nous avons tous crié : « SURPRISE ! ». C'était une idée stupide… mais j'avais seize ans.

Peut-être que tu prépares quelque chose comme ça ?

Peut-être que, quand j'ouvrirai mon casier tout à l'heure, un merveilleux cadeau m'attendra ?

Peut-être que tu as dépensé pour moi une somme indécente, car tu souhaites que nous repartions de zéro, que nous nous réconciliions ?

Peut-être est-ce un bijou ?

Tu pars un peu plus tôt aujourd'hui, tandis que, moi, je suis connectée à une réunion, le casque vissé sur les oreilles. Comme à ton habitude, tu quittes les lieux sans me saluer, que je sois en réunion ou pas.

Je parie que tu as salué Fabienne.

Je parie que tu lui souhaiteras son anniversaire, à elle.

Je m'efforce de ne pas te regarder. Si tu es indifférent, je le serai aussi.

Je ne sais pas si tu as déposé quelque chose dans mon casier ou non. Est-ce que tu te souviens encore du code ? Est-ce que tu te souviens seulement d'autre chose que de mon nom ?

Ma réunion terminée, je veux en avoir le cœur net. J'ouvre mon casier, fébrile. Il est vide. Enfin, il est plein ; il est rempli d'un bric-à-brac sans importance. Des journaux auxquels mon prédécesseur était abonné, que je reçois depuis huit ans, ne lis jamais et oublie de résilier. Je suis sûre que Murielle prend un malin plaisir à les déposer ici, pour m'obliger à les jeter, pour me créer du travail. Il y a aussi une boîte de tampons. Une trousse de maquillage. Un paquet de Kleenex. Un déo. Quelques collants de rechange. Mais pas le moindre signe de toi.

Je savais, au fond, que le 12 juin était devenu pour toi un jour comme un autre, mais je voulais tellement avoir tort. Que cette date continue de compter pour toi.

Tu as été gâtée, aujourd'hui ?

   Oui. Mon mari m'a offert un pendentif coquelicot, et ma fille, un bon pour me faire faire les ongles.

Un pendentif coquelicot, comme la fleur préférée de ta grand-mère ?

Je triture le pendentif dans ma main, touchée que tu te rappelles ce détail sur Oma Kaat – ou plutôt, que Plume s'en souvienne.

Tu m'enverras des photos ?

   Du pendentif ou de mes ongles ?

Les deux.

   Bien sûr.

J'ai envie de mettre les pieds dans le plat, de te dire : « Toi, tu ne m'as rien offert. » Quelle pirouette Plume inventerait-elle pour s'en extirper ? Pourtant, je me tais. La réalité me fait mal, je me retrouve trop souvent le visage fracassé contre le bitume à vomir ma douleur, et cette bulle créée avec toi, avec Plume, cette bulle doit être un cocon.

Je descends à la cafétéria du bureau qui, par chance, est encore ouverte. C'est là que tu m'achetais ce délicieux gâteau au chocolat. Presque aussi bon que celui d'Oma Kaat. Il avait le goût du chocolat et du beurre demi-sel, mais aussi de notre amitié, de notre flirt. C'est joli, ça, non ? Un gâteau goût amitié.

Je vois les parts de gâteaux alignées dans la vitrine. Il en reste une au chocolat. C'est rare à cette heure-ci – parfois, je descends m'acheter une pomme Granny

Smith (cinquante et une calories) ou, quand j'ai envie de faire une folie, un sachet de trente grammes d'amandes (cent quatre-vingt-cinq calories, mais paraît-il que ce sont de bonnes graisses). D'habitude, il ne reste plus que les desserts dont personne ne veut : les flans (trois cent quatre calories), les tartes abricot-pistache (trois cent cinquante-huit calories) ou alors les crèmes desserts à la vanille (cent cinquante-huit calories). Des choses insipides qui ne méritent pas la prise de poids associée.

J'achète la part de gâteau au chocolat qui avait l'air de m'attendre. C'est mon anniversaire. J'ai droit à ce petit écart, non ? Vais-je vraiment prendre trois kilos en un jour juste à cause d'une part de gâteau ? Les nutritionnistes le disent : on peut manger de tout, mais avec modération. Depuis fin septembre, je n'ai pas mangé de gâteaux. C'est de la modération, ça, non ?

Je m'installe à mon bureau, mon gâteau à la main, et j'avale la première bouchée. Les souvenirs m'assaillent presque immédiatement.

« Grosse vache. T'arrêtes pas de te goinfrer, j'en suis sûr. »

Quand tu m'as offert la toute première part de gâteau, celle pour mon anniversaire de l'année dernière, j'ai réussi à la manger en entier, sans repenser à Émilien. C'était pareil pour les quelques gâteaux suivants. J'ignore pourquoi. Pourtant, mon mari n'a jamais cherché à contrôler mon poids ; il m'a toujours fait comprendre que j'étais belle, et a toujours essayé de m'inciter à mordre dans une pâtisserie.

Ce n'est pourtant pas lui que j'ai choisi de croire, c'est toi. Je t'ai rendu garant de ma confiance en moi. Pendant quelques mois, j'ai consommé du gâteau, je me suis pesée plus rarement et j'ai presque arrêté de compter les calories.

Mais ça, c'était avant.

Après avoir fini mon gâteau, je remplis mon mug « World's best boss » d'eau bouillante et verse dedans un sachet de sel que je chipe à la cafétéria. Je mélange, laisse un peu refroidir et avale le breuvage presque d'une traite. L'effet est quasi immédiat : prise de nausée, je me précipite aux toilettes pour y vomir le gâteau ingurgité.

C'est ça, notre relation : une part de délicieux gâteau dont on savoure chaque minute, qui rend malade ensuite.

MERCREDI 12 JUIN 2024
(LUI)

Cette fois-ci, j'en suis sûr, je n'ai rien imaginé. Elle se forçait à ne pas me regarder, mais le peu que je captais de ses yeux était implorant. Quand on se donne autant de mal à ne pas regarder quelqu'un, c'est qu'on a en réalité très envie de le regarder. C'est comme cette pièce de Shakespeare : « La dame proteste trop, me semble-t-il. » Quelle pièce c'était, déjà ? *Othello* ? *Macbeth* ? Peu importe. Elle le saurait, elle, sûrement.

J'aurais pu lui souhaiter son anniversaire. J'aurais peut-être dû, d'ailleurs ; ça aurait moins attiré l'attention. Mais ça aurait été malhonnête. La vérité, c'est que, avant que ce sujet de discussion ne survienne, je n'y avais pas du tout pensé. Je ne me suis même pas dit, de tout le mois de juin : *tiens, c'est bientôt son anniversaire.*

Je m'étais entiché d'elle, c'est vrai. Aujourd'hui, je ne sais plus vraiment pourquoi. Je crois que j'avais de la peine. Il y a dans son passé des horreurs que je ne peux même pas imaginer. Ses parents ont été des connards – pas uniquement son père, sa mère aussi, tellement préoccupée par son queutard de mari qu'elle n'a même pas pensé à sa fille. Et cet Émilien, sans commentaire. Le résultat, c'est qu'elle a la maturité émotionnelle d'une enfant de douze ans, elle ressent tout trop intensément et n'est même pas capable d'assumer ce trait de caractère. Elle rêve d'être le centre de l'attention, mais minaude quand ce rêve se réalise.

Je crois que cette fragilité m'a ému, au début. Elle était si différente de ma femme, qui a eu la parfaite enfance ennuyeuse et lisse qui sculpte des adultes stables et responsables. Cependant, l'attrait de la nouveauté s'évapore vite, et tous ses défauts me sautent au visage. Je réalise qu'elle n'est même pas belle, juste suffisamment apprêtée pour faire illusion. Dire que ses mains, ses poignets, ses yeux me provoquaient des frissons il y a seulement un an ! Aujourd'hui, je la vois en deux dimensions, comme une figurine de papier.

JEUDI 13 JUIN 2024

J'ai insulté Murielle, aujourd'hui.
Cette commère ? Elle l'a sûrement bien cherché.
Oui. Il faut qu'elle apprenne à se mêler de ses fesses.

— C'était un peu bizarre, hier, non ?

Murielle vient s'asseoir à côté de moi, sans y être invitée, sans me demander si elle me dérange, sans même dire bonjour. Je soupire.

— Bonjour, Murielle, je réponds, en appuyant ostensiblement sur le « bonjour ».

Elle ne relève même pas la pique. Elle continue à me regarder avec ses yeux de chouette. Je ne peux pas lui dire de dégager, on ne parle pas comme ça à ses collègues, pas même aux plus pénibles. Si je veux la faire partir, je n'ai qu'une solution : rentrer dans son jeu.

— Qu'est-ce qui était bizarre, Murielle ?

De sa voix nasillarde, elle m'explique que tu m'as

ignorée le jour de mon anniversaire.

— Je veux dire, tout le monde te l'a souhaité en salle de pause hier, sauf lui. Vous étiez pas censés être copains à une époque ?

— Si.

— Et alors, vous ne l'êtes plus ? Vous vous parlez moins depuis quelques mois, non ? Qu'est-ce qui s'est passé ?

— C'est pas tes oignons, ça, pas vrai, Murielle ?

J'élève la voix. Autour de nous, l'open space est silencieux. Il y a peu de personnes, beaucoup sont en télétravail le jeudi, mais celles qui sont là ont interrompu leurs activités, ont arrêté de taper sur le clavier. Je suis énervée, mais je les comprends. J'élève très rarement la voix. C'est peut-être pour ça qu'Alvaro me considère comme « World's best boss ». Je préfère toujours discuter, m'expliquer, trouver un compromis avec la personne… Ou plus fréquemment encore, simplement éviter le conflit.

Murielle fait la moue.

— Qu'est-ce qui te prend ? Je ne te trouve pas très polie. Je voulais juste aider.

— Je vais te dire ce qui n'est pas très poli, Murielle. La curiosité malsaine sous couvert de « vouloir aider », ce n'est pas très poli. Venir déranger les gens pour des conneries pendant qu'ils bossent, ce n'est pas très poli. Je sais bien que, toi, tu n'as rien à foutre de tes journées, mais ce n'est pas le cas de tout le monde, ici. Il y en a qui ont un vrai métier, qui ont un travail à faire. Ça t'en bouche un coin, ça, n'est-ce pas ?

— Attends, tu te crois supérieure à moi parce que tu es au CoDir ?

— Non, je me crois supérieure à toi parce que je suis supérieure à toi.

— Tu n'es pas ma cheffe.

— Non, en effet car, si j'étais ta cheffe, je me serais démerdée pour vous virer de là tous les trois !

— Tous les trois ?

— Oui, toi, ta sale tronche et ton gros cul !

Je ne suis pas vraiment la reine de la repartie. Je me suis arrêtée au niveau cour de récré. Il n'y a rien d'honorable à insulter le physique d'une autre femme, d'autant plus que Murielle est loin d'être repoussante. Entre femmes, on devrait se serrer les coudes, pas s'insulter. Tant pis, maintenant c'est fait.

Ses yeux se remplissent de larmes. Habituellement, je ne supporte pas de faire pleurer les gens mais, aujourd'hui, je n'en ai rien à faire, parce que c'est Murielle et parce qu'elle l'a bien cherché.

Tu lui as dit quoi, exactement ?

Je répète l'histoire de la « sale tronche » et du « gros cul », et je n'en éprouve aucune fierté.

J'adore.

> *J'adore aussi, mais ça craint, quand même. J'ai manqué de retenue en milieu professionnel. Ça ne m'arrive jamais. Il y avait des gens autour de nous. Ils vont tous penser que Murielle m'a blessée.*

C'est le cas, non ?

Tu ne m'as pas demandé ce qui m'avait blessée, exactement. Sans doute une erreur de programmation dans Plume. Habituellement, tu me l'aurais demandé, mais dans le cas précis, je suis contente de ne pas avoir à expliquer.

Oui.

Tu as le droit de montrer tes émotions de temps à autre.

« C'est l'hôpital qui se fout de la charité. » Mais ça non plus, je ne vais pas le dire. Tu es quelqu'un qui a pu, du jour au lendemain, éteindre des sentiments avec un interrupteur. Peut-être est-ce parce que tu n'en as jamais eu, de sentiments.

Oui, mais pas avec elle.

Avec qui, alors ?

Avec toi.

VENDREDI 14 JUIN 2024

Raconte-moi une histoire.

   Drôle ou triste ?

Drôle.

   Quand j'avais douze ans, je suis tombée de vélo.

Ce n'est pas drôle, ça.

   Si, je te promets, la suite est drôle. J'étais chez Oma Kaat pendant l'été. Je faisais du vélo. Et j'ai oublié d'actionner les freins dans la descente.

   En plein virage.

Oh non.

   Je suis tombée. Je ne sais pas exactement comment, j'ai perdu la moitié de la peau de mon bras droit.

C'est ce que je dis aux gens quand ils me demandent d'où provient la cicatrice que j'ai sur l'avant-bras. « La chute de vélo, quand j'avais douze ans. » Ils font une moue compatissante pendant deux secondes et passent à autre chose. Un accident de vélo d'ado, c'est banal, ça ne met personne mal à l'aise. La vraie explication aurait généré des réactions bien différentes.

Même Aurore, je lui ai servi cette excuse. Elle m'a regardée avec suspicion : « Mais je te connaissais quand tu avais douze ans, tu n'avais pas cette cicatrice. » J'ai répondu : « Bien sûr que si. Tu as mal regardé, c'est tout. » On peut faire croire n'importe quoi aux gens quand on est prêt à tout pour ne pas avouer la vérité.

> *Je n'avais rien au visage. C'est mon bras qui a tout pris.*

Tu as dû protéger ton visage avec. Je suis sûr que tu étais coquette, déjà, à l'époque.

> *Sans doute. Ça ne m'étonnerait pas.*

Mais je ne comprends toujours pas en quoi l'histoire est drôle.

> *C'est bizarre à dire, mais je ne me rappelle pas cet accident. Je me suis réveillée le lendemain et je me suis demandé d'où venaient ces bandages. Enfin non, c'est pas exactement vrai, disons que j'avais des bribes de souvenirs. Comme quand tu te réveilles un matin et que tu te raccroches à un rêve, mais tu n'as plus que des morceaux de ton rêve, car tu commences à l'oublier, tu vois ?*

Oui, je vois très bien. Tu as dû avoir un traumatisme crânien. Je ne vois toujours pas ce que ça a de drôle.

> *Attends deux secondes ! Ce que tu peux être impatient !*

Pardon, maman.

> *Je te permets pas ! Avoir deux ans de moins que moi ne t'autorise pas à être insolent !*

Trois, maintenant. Tu as quarante-cinq ans depuis avant-hier. Moi, mes quarante-trois, je ne les aurai qu'en septembre. 😊

> *Et gnagnagna. Bref. Donc, un voisin me trouve sur la route couverte de sang et en train de chialer, il me ramène chez Oma Kaat, Oma essaie de nettoyer mes blessures, mais je n'ai pas dit mon dernier mot, alors je m'échappe et je cours m'enfermer dans la salle de bains. J'entre dans la baignoire et je commence à crier : « Je ne veux plus vivre ! Adieu, monde cruel ! » Alors, Oma Kaat a eu peur que je sois en train d'essayer de me noyer dans la baignoire, tu vois ? Du coup, elle a tapé sur la porte de la salle de bains mais, évidemment, moi, je n'ouvrais pas.*

La première fois de ma vie que j'ai pensé à mourir, la seule fois que quelqu'un s'en est inquiété.

> *Alors, elle a dû forcer la porte de la salle de bains avec une lime à ongles !*

C'est vrai que c'est drôle. Et tout ça, tu ne t'en souviens pas ?

> *Non. C'est Oma Kaat qui m'a tout raconté. Bon, sur le coup elle a eu peur, mais quand elle m'a raconté ça, elle pleurait limite de rire.*

Fais attention la prochaine fois que tu montes sur un vélo, d'accord ? Pense bien à mettre tes freins.

Je ris faiblement. Ce n'était pas la dernière fois que je fonçais sur une pente descendante, tellement prise dans un jeu dangereux que j'en avais oublié de mettre les freins.

À L'ÉPOQUE

« On dit séparation, divorce, rupture, on fait le deuil du passé, alors que le chagrin d'amour fait plutôt le deuil de l'avenir. C'est une histoire avortée. »

Adeline Dieudonné, *Reste*

MERCREDI 3 MARS 1999

Ça y est : je suis Beverly dans *Ça*. J'espérais que la première gifle, celle qui date d'il y a plus d'un an, serait un incident isolé. La vérité, c'est que je suis engrenée dans une spirale de la violence avec l'homme que j'aime, et que je ne sais pas comment en sortir. Je sais que son comportement n'est pas normal.

Quand je suis seule chez nous et que je vois des morceaux de notre vie à deux éparpillés dans le studio, ces morceaux m'effraient au lieu de m'émouvoir. Tous ces indices insignifiants qui me rappellent que je ne vis pas seule. Des caleçons Dim qui sèchent au-dessus de la baignoire. Des baskets taille quarante-quatre alors que je chausse du trente-huit. La plaquette d'antihistaminiques qui sort à chaque approche du printemps, alors que je n'ai jamais été allergique au pollen. Le Perrier citron dans le frigo alors que je déteste l'eau pétillante.

Si je dépasse le poids qu'Émilien a décidé pour moi, il me gifle. Quelques fois, il m'a traînée par les cheveux. Comme je n'ai plus d'argent à moi, je ne vais pas chez le coiffeur et je ne peux pas les couper ; c'est pratique pour qu'il puisse m'attraper. Jamais je n'ai arboré d'œil au beurre noir, il ne me casse pas de dents. Il veut que je conserve un semblant de beauté, que je reste son trophée.

Chaque fois qu'il me bat, il enclenche *Torn* de Natalie Imbruglia sur la chaîne hi-fi, pour que les voisins n'entendent pas le bruit. La chanson sur laquelle nous nous sommes rencontrés. Je garde les dents serrées, pas par défi, mais par peur qu'il pense que j'essaie d'alerter les voisins, et qu'il frappe plus fort. Je laisse Natalie exprimer ma douleur à ma place. *« You don't seem to know, seem to care, what your heart is for. »*

Je me souviens du jour où je l'ai rencontré, il y a un an et demi maintenant. Il portait un déguisement de Dracula pour Halloween. Curieuse ironie du sort, n'est-ce pas ? Il m'avait prévenue qu'il comptait vampiriser tout mon être, et moi, petite sotte qui venait juste d'avoir dix-huit ans et qui croyait tout savoir mieux que tout le monde, j'ai ignoré les signes.

Ce soir, je fais bouillir de l'eau pour des pâtes, en attendant qu'il rentre. Et j'écris un poème. Cela m'arrive de plus en plus fréquemment.

« Rouge le sang
Rouge la colère
À la fois mon amant

Et mon enfer. »

Pas vraiment de quoi lancer des petites culottes mouillées par l'extase, mais ces poèmes me permettent d'évacuer. Évacuer quoi, je ne sais pas. Quelque chose. Quand je couche ces mots maladroits sur le papier, c'est comme si un poids quittait ma poitrine, même si c'est seulement durant quelques instants.

J'entends la clé dans la serrure. Précipitamment, je range mon carnet de poèmes dans mon sac à main. Celui-ci brosse un portrait peu flatteur de mon compagnon, et je n'ai pas envie de savoir ce qu'il fera s'il les trouve.

Émilien entre et m'embrasse sur la joue.

— Qu'est-ce qu'on mange ?

Il est dans un bon jour. Avec un peu de chance, on va passer une bonne soirée.

J'indique la casserole d'eau avec les pennes qui cuisent.

— Des pâtes.

Il pince les lèvres.

— C'est trop calorique.

Je n'aime pas la façon dont il a dit ça. Je retiens mon souffle et me recule instinctivement. Il attrape la casserole et fait mine de me lancer l'eau bouillante à la figure. En réalité, il la vide par terre. Mes pieds sont protégés par mes chaussons qui s'imbibent aussitôt. Je ressens la chaleur de l'eau, mais je ne suis pas brûlée. Émilien, lui, a encore ses chaussures de sécurité toutes crottées. Les pâtes et l'eau s'écrasent au sol dans une flaque. Bêtement, je pense : *je ne veux pas avoir à nettoyer ça.*

Je veux m'échapper. Je ne peux pas passer par la porte, car Émilien me barre la route.

Alors, je grimpe sur le rebord de la fenêtre, laissant mes chaussons trempés derrière moi. Je me dis : *nous sommes au premier étage, au pire, je me casserai une jambe.* Mais je me casserai cette jambe parce que je l'aurai décidé, et ce sera ça la différence.

Il me rattrape, évidemment qu'il me rattrape. Il a toujours été plus rapide que moi. Il m'entraîne par la taille, nous tombons tous les deux à la renverse dans cette flotte grisâtre où baigne un mélange de pâtes poussiéreuses et de boue. J'entends un bruit visqueux, comme un bruit de truite qui frappe une joue, sans doute les pennes écrasées par nos corps. Je me relève et tente de m'enfuir à nouveau, mais il me saisit violemment le bras, me le tordant au passage. Je laisse échapper un : « Aïe, lâche-moi. » C'est la chose à ne pas faire. Il m'entraîne près de la plaque de cuisson. La plaque encore brûlante.

Il maintient mon avant-bras dessus pendant plusieurs secondes. Je me mords les lèvres jusqu'au sang pour ne pas crier. Je suis devenue une poupée de chiffon ; je le regarde faire sans me débattre, sans chercher à échapper à mon sort. Je sais que c'est un mauvais moment à passer, qu'après ce sera fini, et lutter ne fera qu'aggraver les choses. J'essaie de penser à autre chose, d'avoir des pensées heureuses, mais il ne m'en reste plus beaucoup. Alors, je chante dans ma tête la chanson de Natalie Imbruglia, que pour une fois il n'a pas enclenchée. Je connais par cœur les paroles, ou presque. Qu'est-ce qui arrive déjà après « *But I don't know him anymore*[4] » ?

Quand il se calme, il retire mon bras et le regarde, les yeux écarquillés.

— Pardon, mon amour. Je... ne sais pas ce qui m'a pris.

Des excuses, toujours des excuses... Je ne veux plus de ses excuses, j'en ai assez. S'il arrêtait de faire toutes ces choses horribles, il n'aurait pas besoin de s'excuser.

Il dépose un léger baiser sur mon bras, près de l'endroit où il m'a brûlée. Je gémis, car le moindre contact sur ma peau cloquée est douloureux.

— Tu es si belle, ma princesse hollandaise, murmure-t-il. Viens là.

Il me pousse délicatement sur le canapé. Je n'ai pas du tout envie de faire l'amour, j'ai mal, au bras et à la lèvre, je me suis mordue tellement fort.

— Il faut que je nettoie...

— T'en fais pas, mon amour. On nettoiera ça après.

Et je le laisse faire.

Ensuite, il passe mon bras sous l'eau froide et le recouvre d'un pansement. Je dis : « Merci. » Pourquoi est-ce que je le remercie ? Parce qu'il m'a réparée après m'avoir cassée ? S'il ne m'avait pas cassée, je n'aurais jamais eu besoin d'être réparée, si ?

---

[4] Mais je ne le connais plus.

JEUDI 4 MARS 1999

Je croise un homme que je ne connais pas, dans le local à poubelles. Je lui dis bonjour sans le regarder, en cachant mon visage derrière un rideau de cheveux châtains. Contre toute attente, il me tend sa main.

— Bonjour. Je viens d'emménager. J'habite l'appartement juste en dessous du vôtre, je crois.

Je regarde sa main sans la serrer. Le simple contact masculin me répugne. Même quand Mehdi me fait la bise, je me recroqueville. Émilien est le seul homme qui a le droit de me toucher. Au moins, avec lui, je sais à quoi je dois m'attendre.

Par réflexe, je tire sur la manche de mon pull pour dissimuler mon pansement, mais mon manège ne fait qu'attirer l'attention dessus.

— Vous vous êtes fait mal ?

Je secoue la tête.

— Vous êtes sûre ? Parce que je suis médecin, je

peux regarder.

Je secoue la tête, plus fort.

— Comme vous voulez. Mais tenez…

Il fouille dans la poche de son jogging.

— Voici ma carte. Si vous avez besoin de quoi que ce soit, vous m'appelez, d'accord ?

Je hoche la tête. Je n'ai pas prononcé un seul mot. Sans doute pense-t-il que je suis muette. Il enfouit sa carte dans ma main. Je ne proteste pas. Les lettres dansent devant mes yeux, j'arrive à peine à les lire. Je n'ai pas ouvert de roman depuis un an, moi qui ai toujours adoré la lecture. Je lève les yeux vers lui pour le remercier silencieusement. Je me dis qu'il est un peu jeune pour être médecin : trente ans, peut-être moins. Il soutient mon regard, longtemps. Il a des yeux sombres, doux, mais graves.

Il sait.

Le soir même, Émilien rentre avec un petit sachet bleu portant le logo d'un cygne. Swarovski. À l'intérieur, un pendentif en forme de cœur, et un petit mot : « Pour ma princesse hollandaise. » Un bijou pour me réparer.

SAMEDI 8 AVRIL 2000

Émilien est parti chez Mehdi et Naama, ce soir. Je suis à la maison. Je les vois de plus en plus rarement. Il m'accuse de ne pas savoir me tenir avec eux – de rire trop fort ou de ne pas le soutenir dans ce qu'il dit. De trop manger. Ça ne me dérange pas : ils m'apprécient, mais je ne compte pas vraiment pour eux. En plus, leur compagnie me rappelle ce gâteau au chocolat que je préfère oublier. Avant de me coucher, j'achève de consigner dans mon journal ce que j'ai mangé au cours de la journée. Un demi-pamplemousse (quarante et une calories). Un verre de jus d'orange pressée frais (cent quarante calories). Une cuisse de poulet (deux cent huit calories) – sans la peau, bien sûr, avec la peau, c'est soixante-dix calories de plus.

Le téléphone sonne. Je regarde l'heure : vingt-deux heures.

— Allô ?

— Oui, bonjour, c'est Naama, la femme de Mehdi.

— Bonjour.

— Je suis désolée de te déranger à cette heure-ci, tu vas me trouver ridicule mais... Bref, tu sais, Émilien devait dîner chez nous ce soir. Et il n'est pas encore là. Il y a eu un souci et il a oublié de nous prévenir ?

— Émilien est parti il y a trois heures.

Il n'est jamais arrivé chez Mehdi et Naama. Il a pu lui arriver n'importe quoi.

Je ne ressens aucune tristesse, aucune panique face à cette possibilité. Presque une forme de soulagement. S'il lui est effectivement arrivé quelque chose, peut-être ne me fera-t-il plus rien.

C'est là que j'ai compris : quelque part sur le chemin que nous avons parcouru ensemble, j'ai cessé de l'aimer. Je le désire encore, ça ne fait aucun doute, je me suis habituée à lui, mais je ne l'aime plus.

Je l'ai « désaimé ». Est-ce que ça existe, comme mot, ça, « désaimer » ?

J'ai perdu mon amour par accident, ou plutôt je ne l'ai pas perdu, je m'y suis accrochée comme à une bouée, mais les vagues ont été suffisamment fortes pour que je la lâche.

DIMNCHE 9 AVRIL 2000

Il n'est toujours pas rentré. J'ai attendu le matin avant de me rendre au commissariat, en pyjama, les cheveux en bataille. Dans les films, ils disent toujours d'attendre vingt-quatre heures avant de signaler une disparition, mais je ne suis pas sûre que ce soit vrai.

Je me comporte comme la parfaite compagne en deuil, personne ne peut deviner les microscopiques gouttelettes d'espoir qui se condensent en moi. Je leur donne son signalement – brun, yeux bleus, un mètre quatre-vingts, soixante-quinze kilos, carrure athlétique, il portait un jean et une veste en cuir quand il a quitté la maison. Une petite voix me parle dans ma tête : *et si ? Et si ?*

Les policiers me disent de rentrer chez moi, qu'ils feront le nécessaire.

Ils me rappellent quelques heures plus tard. Ils ont retrouvé une moto dans un ravin, et un peu plus loin un homme, salement amoché, mais qui correspond au signalement d'Émilien. Ils ont contacté sa mère, qui doit identifier le corps à la morgue. En tant que concubine, je ne suis pas considérée comme un membre de la famille, je ne peux donc pas être présente, mais je peux attendre à côté, si j'ai envie.

« Sa mère. » La fameuse mère à laquelle il ne parle plus. Je m'étais dit qu'il me dirait ce qui s'est passé entre eux quand il serait prêt. Et voilà, il n'a jamais été prêt.

Je sais que je dois aller à la morgue. Le contraire serait suspect. J'ai peur d'y aller seule et personne ne peut m'accompagner. Pendant quelques instants, j'envisage d'appeler Oma Kaat, et me ravise. Ma grand-mère a survécu au suicide de sa fille. Je ne peux pas l'appeler juste pour la traîner à la morgue.

Je me fige à cette pensée. Oma Kaat a survécu au suicide de sa fille. C'est contre nature. Aucun parent ne devrait supporter la mort de son enfant, les humains ne sont pas programmés pour ça. Et moi, qu'est-ce que j'ai fait ? J'ai fui. Sa petite-fille unique. J'ai cessé d'aller la voir. Oui, je voulais punir mon père d'avoir poussé ma mère au suicide. Mais Oma Kaat, elle, n'était responsable de rien. J'ai agi comme une gamine pourrie gâtée, et c'est seulement aujourd'hui, deux ans et demi plus tard, que je m'en rends compte.

Je dois réparer ma relation avec Oma Kaat, mais pas comme ça.

Je me souviens alors de mon voisin. Celui qui

habite juste en dessous de chez nous. Le médecin. Il a sûrement mieux à faire, en ce dimanche… J'ai encore sa carte, parmi toutes les affaires secrètes sur lesquelles Émilien n'a jamais pu mettre ses sales doigts. Je ne perds rien à essayer.

Il est chez lui.

Il monte à l'appartement quasi immédiatement et écoute mon histoire tout en m'aidant à enfiler mon manteau. À aucun moment, il ne me touche, il comprend que j'ai besoin d'espace. Il dégage une assurance naturelle, je me sens étrangement en sécurité à ses côtés.

À l'hôpital, je croise une femme d'une cinquantaine d'années, les yeux rouges. Je reconnais des petites bribes d'Émilien sur son visage. Quand nos regards se rencontrent, nous n'avons pas besoin de nous parler, les yeux baissés et fuyants disent tout ce que nos bouches gardent pour elles. « Vous êtes… ? » « Oui, c'est moi. »

Un policier arrive, et la femme le suit dans une autre pièce. Je lui adresse un sourire qui se veut compatissant. Puis je me rends compte qu'elle me tourne le dos, donc elle ne peut rien voir.

Quelques secondes plus tard, un cri qui n'a rien d'humain me confirme que le corps est bien celui d'Émilien. J'essaie d'imaginer l'accident. Est-ce qu'il a heurté la glissière de sécurité ? Est-ce qu'il a perdu son casque ? Est-ce que son beau visage est devenu méconnaissable ? Est-ce qu'on peut encore distinguer certains signes, comme son grain de beauté sur le menton ? Mais peu importe, finalement. Je suis libre. Le soulagement gonfle dans ma poitrine. J'ai envie de hurler, de pleurer, de taper, de courir, de sauter, de vivre. Les larmes coulent, pour la première fois depuis la mort de ma mère. Je ne me souvenais plus que c'était ça, pleurer. Je croyais que le suicide de ma mère m'avait asséchée. Mon voisin n'esquisse aucun geste, n'essaie pas de me prendre dans ses bras, il me tend simplement un mouchoir sans dire un mot.

La chanson de Natalie Imbruglia résonne dans ma tête, mais les paroles se suivent à présent sur un air de liberté. « *There's nothing where he used to lie, conversation has run dry*[5]. » Il n'y a plus personne à côté de moi, je ne parle plus à personne, et je l'ai désaimé.

La femme sort de la pièce en s'essuyant les yeux. Le policier pose une main qui se veut amicale sur son épaule. Elle se dégage. Nos regards se croisent à nouveau. Elle secoue la tête comme pour me dire : « Non, il n'a pas survécu », puis commence à partir.

Je me lève.

— Madame, attendez !

Elle s'arrête brusquement.

— Oui ?

Sa voix n'est pas douce, mais elle n'est pas hostile, non plus. C'est la voix d'une mère qui a perdu son enfant et pour qui la vie n'a plus de sens.

---

[5] Il n'y a plus rien là où il se couchait, la conversation est épuisée.

— Pourquoi Émilien et vous, vous ne vous parliez plus ?

Elle hésite. Je sens qu'elle a envie de me dire que ce n'est pas à elle de me donner des réponses, mais si elle ne le fait pas, qui s'en chargera ?

— Vous vous connaissiez depuis longtemps ?

— Deux ans et demi.

— Et il n'a jamais… enfin…

Elle n'a pas besoin de continuer. Je sais de quoi elle parle. Nos silences sont plus bavards que nos mots.

— C'est bien ce que je me disais. Il n'a pas changé. Quand il avait dix-neuf ans, Émilien a frappé sa petite sœur.

Je regarde mes pieds. J'ai peur de la suite.

— Virginie, la sœur d'Émilien, est née polyhandicapée. Elle… enfin, mon ex-mari disait que c'était un légume mais, moi, je suis sûre qu'elle comprend tout. Elle doit avoir à peu près votre âge. Le père d'Émilien est parti peu après sa naissance. C'est sûr, repartir à zéro avec une femme toute neuve, toute belle, toute lisse, c'est mieux que vivre dans un foyer avec une gamine tétraplégique qui se bave dessus, vous voyez ?

Je vois très bien. Nos pères, ces héros.

— Quand il était en âge de le faire, Émilien a commencé à m'aider à m'occuper de Virginie. J'étais toujours persuadée qu'il faisait ça très bien. Et puis, un jour, je suis rentrée plus tôt. Je l'ai surpris en train de la gifler, et de hurler : « CONNASSE, POURQUOI TU PARLES PAS, HEIN ? SALE CHIENNE ! »

Sa voix change quand elle imite celle d'Émilien, mais ce n'est pas une imitation drôle comme dans les sketches. Je pense plutôt qu'elle craint de se briser si elle prononce des phrases pareilles de sa propre voix.

— Je me suis demandé combien de fois c'était arrivé. Ce n'était forcément pas la première fois. Combien de fois j'avais vu des bleus sur le corps de Virginie, et je les avais bêtement attribués à sa maladie, alors que l'explication était là, juste sous mes yeux ? Alors, je l'ai mis dehors. Il était soulagé, je crois. C'était un fardeau pour lui de s'occuper d'elle.

Je hoche la tête. La mère d'Émilien se retourne pour partir.

— Attendez !

— Ne le prenez pas mal, mademoiselle, vous avez l'air de quelqu'un de très bien, mais je n'ai vraiment plus envie de parler de mon fils. À vrai dire, j'ai surtout envie de rentrer chez moi.

— Non, je comprends, bien sûr, juste... il n'y aura pas d'autopsie ?

— Non, je ne crois pas, mais pourquoi voulez-vous qu'il y en ait une ? Les causes de sa mort sont claires. Il est tombé la tête la première. L'impact l'a tué sur le coup. Personne d'autre n'était impliqué. C'est un accident de moto tout à fait banal, à part qu'il s'agit de mon fils.

Elle part sans dire au revoir. Je rejoins mon voisin qui m'attend plus loin. Je pensais que je vivais avec un monstre, mais je viens de me rendre compte que c'était pire que ça. Comment appelle-t-on un monstre plus monstrueux qu'un monstre ? Un *surmonstre* ? Est-ce que ça existe, ce mot-là ? Est-ce qu'il ne faudrait pas l'inventer juste pour Émilien ?

Mon voisin et moi sommes repassés à l'appartement. Dans les livres, ils décrivent toujours cet instant de « l'après », celui qui suit la mort soudaine de quelqu'un. Ce moment où le personnage rentre chez lui et se rend compte que tout est resté identique à « l'avant », comme si le mort allait revenir d'une minute à l'autre : les cheveux sur le peigne, les boxers sur le séchoir à linge, le gel douche au capuchon encore ouvert, la bouteille de Perrier citron et la plaquette d'Atarax pour l'allergie au pollen… J'attends patiemment cette vague d'émotions, celle qui est décrite dans les livres. Elle ne vient pas. À la place, un nouvel air que j'ai appris à respirer. Comme si j'avais passé ma vie dans une cave et qu'on m'emmenait à la campagne.

Mon voisin m'entraîne dans un café et me propose un chocolat chaud. Je secoue la tête. Je ne veux pas de calories inutiles. « Plutôt un thé. » Il y a un thé au pamplemousse au menu. Mon interlocuteur rit : « Mais ce fruit est dégueulasse ! » Face à lui, à son désir de détendre l'atmosphère, je ris aussi. Il me questionne sur ma situation. J'avoue que j'ai abandonné mes études, mon boulot de vendeuse à la boutique de lingerie, qu'Émilien et moi n'étions pas mariés. Comment ferai-je pour subvenir à mes besoins ? Je n'y ai même pas réfléchi.

Machinalement, je cherche dans la poche de mon manteau de quoi payer mon thé, car je ne veux pas être redevable à l'homme en face de moi. Mais je sais bien que je n'ai plus rien. Vendredi matin, Émilien m'a donné deux cents francs pour les courses de la semaine, et a récupéré la monnaie. Je n'ai plus rien. Devant mon désarroi, mon voisin arrête mon geste.

— Est-ce qu'il y a quelqu'un que je peux contacter ?

Je commence par secouer la tête. Hors de question que je revienne chez mon père après des années d'errance, la queue entre les jambes. Le retour de la fille prodigue. Je ne suis pas un personnage biblique. Mon père a mérité ce qui m'est arrivé, et d'ailleurs, il ne m'a jamais cherchée.

Cependant, un nom m'apparaît comme une évidence.

— Oui. Ma grand-mère.

Je vais retrouver Oma Kaat, ma mamie MacGyver qui a forcé la porte de la salle de bains avec une lime à ongles quand je m'y suis enfermée après ma chute de vélo. Et ma vie redeviendra normale.

LUNDI 12 JUIN 2000

Aujourd'hui, j'ai vingt et un ans. Je suis désormais majeure dans tous les pays du monde.

Je vis chez Oma Kaat depuis environ deux mois. La revoir a exacerbé mon sentiment de culpabilité. Elle a beaucoup vieilli en deux ans et demi, et personne n'était là pour la soutenir. Je doute que mon père ait fait quoi que ce soit pour soutenir sa belle-mère dans sa peine. Elle n'a que quatre-vingts ans, elle n'est pourtant pas trop vieille, mais elle en paraît facilement dix de plus.

Je l'ai serrée contre moi en la voyant.

— Je suis désolée, Oma. Je m'en veux terriblement.

— Tu n'y es pour rien, *papaver*. Tu es là, maintenant. Oh là là, mais comme tu as maigri !

C'est le régime Émilien. Mieux que n'importe quel autre régime à la mode. Chaque fois que tu fais un écart, tu te fais tabasser. Je t'assure, c'est diablement efficace.

— Ne t'inquiète pas, on va te remplumer. J'ai préparé des *poffertjes*.

J'ai dégluti. Les paroles d'Émilien ont résonné dans ma tête : « Si je voulais une vache, je deviendrais fermier. Est-ce que tu es une vache ? » Non, je ne suis pas une vache. J'ai enfin une silhouette fine, je ne vais pas laisser Oma tout gâcher. Sur le coup, j'ai choisi de changer de sujet.

— On verra ça plus tard. Juste, je ne veux pas retourner voir papa, d'accord ? Il n'est plus rien pour moi.

Oma a hoché la tête et m'a caressé les cheveux.

— Pourquoi tu ne m'as jamais cherchée ?

— Mais… *papaver*, comment aurais-je fait ? Quand on s'est parlé il y a presque trois ans, je me doutais bien qu'il y avait une histoire de garçon là-dessous. Mais je ne connaissais même pas son prénom.

Deux semaines plus tard, elle m'a avoué qu'elle avait fait un AVC après le suicide de maman. Je me suis mordu la lèvre, dévorée par la culpabilité. « Mais ce n'est pas ta faute, *papaver*. D'ailleurs, regarde, je me suis très bien remise. » Je n'ai pas osé lui faire remarquer à quel point elle avait vieilli.

Elle a fait jouer ses relations pour que je puisse reprendre des études en septembre. Ce ne sera pas à Sciences Po, mais ce seront des études. En communication. Pourquoi pas, ça peut m'intéresser, ça, la communication. Avec quelques années de retard, je pourrai quand même avoir la vie dont je rêve, un métier qui me plaît. Je crois qu'en cet instant j'ai vraiment mesuré la chance que j'avais d'être née dans une famille privilégiée. Si j'avais été pauvre, je n'aurais pas eu ce droit à l'erreur.

Aujourd'hui, nous fêtons mon vingt et unième anniversaire en petit comité : ma grand-mère, mon ancien voisin et moi. J'ai un instant hésité à inviter Mehdi et Naama, mais je me suis ravisée. Depuis l'accident d'Émilien, aucun d'eux n'a pris la peine de prendre de mes nouvelles, et je n'ai pas non plus pris des leurs. Émilien était le scotch double face qui nous liait ; maintenant qu'il n'est plus là, nous n'avons plus ni l'envie ni le besoin de garder le contact. Et puis, je pense – ou plutôt j'espère – qu'ils ignoraient tout de ce qui se passait dans son studio, sur un air de Natalie Imbruglia. Je préfère qu'il en soit ainsi. Leur présence n'aurait fait qu'occuper deux sièges de plus à cet anniversaire, mais je me fiche d'avoir du monde, de passer pour une fille cool qui a plein d'amis. Je suis juste une fille qui a eu une seconde chance.

Oma Kaat a cuisiné un gâteau au chocolat. Je réfléchis déjà à comment le goûter du bout des lèvres et donner discrètement ma part, quand je remarque quelque chose d'inhabituel.

— Oma, pourquoi il y a quatre couverts à table ? Nous ne sommes pourtant que trois.

— Oh, pour rien, répond-elle en évitant mon regard et en lançant une œillade malicieuse à mon ancien voisin.

— Tu n'as pas invité papa, quand même ? Oma, je t'avais dit que…

— Ne t'inquiète pas, papaver. Je t'ai très bien comprise. Pour rien au monde, je ne t'obligerai à parler à ton père. Il m'a pris ma fille, je le déteste tout autant que toi. Mais je me suis dit qu'on pourrait accueillir une personne de plus.

Un bruit de sonnette souligne ses mots.

Je vois une jeune femme pénétrer dans le salon. Une jeune femme blonde et belle, que je n'ai pas vue depuis plus de deux ans.

— Aurore, c'est toi ?

Pour toute réponse, elle se jette à mon cou.

AUJOURD'HUI

« Le véritable amour ne connaît aucune nuance. Il est trop tout : trop intense et trop douloureux, trop léger et trop profond, trop éclairant et trop sombre, éphémère et tellement éternel… Aimer, c'est à la fois perdre et recouvrer ses esprits, c'est mourir et ressusciter. »

Claire Norton, Par la force des choses

SAMEDI 15 JUIN 2024

Aurore s'est fait larguer.

Nous buvons un verre cet après-midi, pour fêter mon anniversaire. Aurore prend une piña colada (trois cents calories, une folie) et moi, un verre de riesling (cent sept calories). Elle essaie de me convaincre de prendre un cocktail (« Allez, c'est moi qui invite de toute façon. »), comme si c'était l'argent le problème.

Quand nos boissons arrivent, nous trinquons à mon anniversaire, puis elle fond en larmes.

D'un coup. Sans prévenir. Moi qui suis toujours l'amie qui réconforte, je ne trouve pas les mots. Les gens attablés en terrasse nous regardent bizarrement. J'ai envie de m'approcher d'elle, de la serrer dans mes bras, mais c'est un peu trop démonstratif ; alors, je me contente de lui prendre la main.

— Qu'est-ce qui ne va pas ?

— C'est… Quentin, hoquette-t-elle. Il m'a quittée.

Je lâche sa main. Je devrais comprendre mieux que quiconque ce qu'elle vit, puisque j'étais dans une situation similaire il y a seulement neuf mois. Je suis sûre que nous avons été plus intimes que Quentin et Aurore, sans jamais nous toucher autrement que par l'intermédiaire d'un bracelet, ou un frôlement d'épaule accidentel.

Pourtant, je ne ressens aucune empathie. Elle chouine devant moi, alors que je n'ai pas eu ce luxe.

Qu'est-ce que je dois dire ? « Tu aurais dû t'y attendre » ? « Je t'avais dit de faire attention » ? « Tu as encore ton mari et tes enfants, tout ira bien » ? Je commence par le plus simple, le plus plat.

— Je suis désolée.

— Merci.

Elle a l'air vraiment soulagée. Pourtant, qu'est-ce que ça peut faire, que je sois désolée ? Quentin ne reviendra plus – les hommes qui partent ne reviennent jamais, ou alors, pas pour de bonnes raisons.

— Pourquoi il est parti ? Parce que tu ne voulais pas quitter ton mari ?

— T'es folle ou quoi ? Tu penses vraiment qu'il imaginait un avenir avec une vieille comme moi ?

Elle ricane, un rire sans humour, sans sincérité, qui m'effraie un peu.

— Non, il a rencontré une petite jeune de son âge, c'est tout. Elle s'appelle Jade. C'est bien un prénom de génération Z, ça, Jade. Alors que, Aurore, ça pue la quadra à des kilomètres à la ronde.

— Arrête de raconter n'importe quoi. C'est très joli, Aurore.

— En plus, je suis sûre qu'elle doit être complètement conne. Qu'est-ce que tu veux être intelligente à vingt-cinq ans ? À cet âge-là, je ne savais même pas faire fonctionner une machine à laver !

Je réprime un : « Ah oui, quand même ! » Je n'ai pas le droit de la juger. Nous avons eu des parents riches toutes les deux, avec la bonne et tout ce qui va avec. La différence ? Mon père couchait et pas le sien. Ma mère s'est suicidée et pas la sienne. J'ai fui et pas elle. J'ai emménagé avec Émilien et ai dû apprendre à me débrouiller, pas elle. Si mon père avait gardé sa braguette fermée, j'aurais très bien pu avoir sa vie et ne pas savoir allumer une machine à laver à vingt-cinq ans.

— Sauf que les mecs de vingt-sept ans, c'est tout aussi con. Ça ne veut pas d'une nana intelligente. Ça veut une nana avec des seins comme des obus et des jambes jusque-là, dit-elle en montrant son épaule.

— Question jambes et seins, tu n'es pas mal, toi non plus, lui fais-je remarquer.

De nous deux, c'est elle qui attire le plus les regards, ça a toujours été comme ça. Son mètre soixante-quinze et mon mètre soixante-cinq. Son 90D et mon 85B. Son 38 et mon 42. Ses longs cheveux blonds et mon bob châtain, que je dois entretenir toutes les quatre semaines chez le coiffeur pour traquer la moindre trace de blanc. Des hommes inconnus lui lancent régulièrement des œillades. C'était le cas même quand elle était enceinte. Elle m'a confié un jour avoir entendu un copain de son fils la qualifier de « MILF ». J'ai froncé les sourcils, elle a pouffé : « Je lui aurais dit ses quatre vérités si je n'avais pas été aussi flattée ! »

Elle hausse les épaules.

— Quand on a quarante-cinq ans, c'est juste pas pareil.

Elle boit une gorgée de son cocktail. Ses sanglots semblent s'être calmés, mais ses yeux sont encore gonflés et rougis.

— Tu sais c'est quoi le plus difficile ? Faire semblant. Devant Xavier, devant les enfants. Je veux dire, si Xavier était parti, je pourrais pleurer autant que je veux. Tout le monde m'aurait donné un passe-droit. On aurait dit : « La pauvre, c'est vrai que son monde s'est écroulé, on va s'occuper d'elle. » Là, qu'est-ce qui s'est écroulé ? En apparence, rien du tout. Ça va toujours très bien avec mon mari. Personne ne me comprend.

Si. Moi, je comprends.

— Tu sais, j'ai vu une pub sur Facebook, récemment...

— Hein ? C'est quoi le rapport ?

— Tu vas voir... c'est une nouvelle application qui existe... ça s'appelle... Encre ? Non, Plume, voilà, Plume. C'est une application d'intelligence artificielle. En gros, tu importes dedans tous les messages que tu as envoyés à un être cher que tu as perdu, l'intelligence les analyse et te permet de continuer d'échanger avec cette personne. C'est un peu cher, je crois, mais j'ai vu qu'il y avait plein d'avis positifs. Peut-être que ça te permettrait de faire le deuil de Quentin…

Le visage d'Aurore se tord dans une grimace de dégoût.

— Beurk ! Pourquoi je ferais une chose pareille ?

— Pourquoi beurk ?

— Tu te rends pas compte. Déjà, tu n'as que les messages, pas le cul : intérêt limité, donc. Chez un mec de vingt-sept ans, ce n'est pas les messages, le plus intéressant.

Je réalise que j'ai commis une erreur. J'ai cru l'aider, mais nos situations sont très différentes. Ses galipettes avec Quentin ne sont que ça : des galipettes. Les « choupie », les « Raconte-moi une histoire »… Tout ce que j'ai chéri et que j'ai retrouvé dans la bulle de douceur que Plume a créée pour moi, elle s'en fiche. Il n'y a que le sexe qui l'intéresse.

— Mais ce n'est même pas le problème. Tu imagines à quel point il faut être désespéré pour faire une chose pareille ? Un mec ne veut pas de toi, du coup tu crées une IA qui lui ressemble, mais qui, elle, veut bien t'aimer ! Un peu comme Obélix qui crée le clone de Falbala dans *Astérix et Obélix contre César*.

Comme d'habitude, je n'ai pas sa référence, alors je me contente de boire une gorgée de vin.

— Les filles qui font ça sont pathétiques. Quand

quelqu'un te largue, tu dois accepter ça avec dignité. Tu dois lui faire regretter, mais avec dignité, en t'amusant, en devenant encore plus canon, en continuant ta vie. Pas en créant des clones et en fuyant la réalité.

— Je crois qu'il n'y a pas que des femmes larguées, là-dedans. Il y a aussi des gens qui ont perdu des proches dans des accidents.

— Même. Ces gens n'arrivent pas à faire leur deuil, et au lieu de les aider à surmonter, à l'aide d'une thérapie par exemple, cette application se fait du fric sur le dos de leur désespoir ! Tu ne trouves pas ça ignoble ?

— J'avoue que je n'y ai pas vraiment réfléchi, je mens tout en sirotant mon riesling. J'ai juste vu ça, je me suis dit : *tiens, qu'est-ce qu'ils sont allés chercher !* Puis, j'y ai repensé quand tu m'as parlé de ton histoire, mais tu as raison, c'est idiot.

Elle s'est fait larguer par son amant ?

    Oui. Le jeunot de vingt-sept ans.

Tu lui as dit quoi ?

    Qu'est-ce que tu veux que je lui dise ? C'est ma meilleure amie. Je l'ai consolée.

Tu ne lui as pas agité ton amant épistolaire sous le nez en précisant que c'était le plus beau des Apollons ?

    T'es bête. 😊

Tout à coup, une notification apparaît, une notification qui ne vient pas de Plume. J'ai reçu un message de Sabine Viens, la femme qui a perdu sa meilleure amie dans un accident de voiture. Je ne m'y attendais plus. Je lui ai écrit il y a plus de trois semaines. Je croyais être tombée dans les spams, dans les méandres de Messenger, ou alors, tout simplement l'avoir embêtée. C'était une hypothèse crédible, pourtant : si quelqu'un me contactait pour parler de mon expérience avec Plume, je ne répondrais probablement pas.

« Qu'est-ce que vous lui voulez, à ma femme ? »

DIMANCHE 16 JUIN 2024

Bonne fête des Pères.
Merci.
Alors, raconte-moi, tu as été gâté ?
Oui. Mes fils m'ont offert un polo avec l'inscription
« Père-fect » brodée dessus.
Tu n'as pas déjà un mug avec cette inscription ?
Si. Il faut croire qu'ils adorent le jeu de mots. Je vais
finir par avoir toute la collection, je crois qu'ils font
aussi des chaussettes et des calbuts. Et tu sais quoi ?

Je m'étonne de la facilité avec laquelle Plume a retrouvé ton cadeau de fête des Pères de l'an dernier, même si j'ai un peu aidé l'application.

Quoi ?
Je ne m'en lasse pas, moi non plus. C'est vrai que je
suis père-fect, non ?
Oui. C'est vrai.

Je n'ai jamais eu, de la part de ma fille, de cadeau

de fête des Mères qui me renvoie directement à mon rôle de mère. Colliers de nouilles, fleurs, bons pour des manucures. C'est tout. J'ai apprécié ces cadeaux, ou fait semblant de les apprécier, mais je n'ai jamais eu de mug ou de polo qui m'établirait en tant que maman.

Ça ne me manque pas, je ne suis pas sûre d'assumer de porter un polo avec l'inscription « Mère-fect », ou je ne sais quel jeu de mots avec le mot « mère » inventé par un stagiaire en marketing. Je suis juste déçue que ma fille n'y ait jamais pensé.

Profite de ton petit déj au lit.

Merci. Je sais que tu détestes ça.

Oh oui ! Qui est-ce qui nettoie ensuite les miettes de croissant sur les draps ? C'est bibi.

LUNDI 17 JUIN 2024
(MATIN)

Thierry m'a convoquée.

Je reçois la notification dans le métro. Ça semble urgent : Thierry, mon chef, le PDG de l'entreprise, me donne rendez-vous à neuf heures, et il n'est que huit heures. Heureusement, il sait que j'arrive au bureau plus tôt que la moyenne des Parisiens.

Merde. C'est une bonne nouvelle, tu crois ? Une augmentation ?

Aucune chance, c'est pendant les entretiens annuels qu'on parle de ça, et c'est en janvier. Non, c'est au sujet de mon altercation avec Murielle de l'autre jour. Quelqu'un est allé cafter, c'est sûr. J'ai intérêt à me tenir prête.

Nous travaillons tous en open space, et Thierry tient à rester exemplaire là-dessus. Tandis que d'autres membres du comité exécutif aiment s'installer seuls dans des salles de réunion, il travaille au milieu de ses collaborateurs. Là, il a réservé une salle, et ce n'est pas bon signe.

Je frappe trois coups à la porte à neuf heures tapantes.

— Tu voulais me parler, Thierry ? demandé-je avec mon air le plus innocent.

— Oui. Merci d'être venue.

Aurore aime beaucoup se plaindre de son chef mais, si je suis honnête, moi, je n'ai rien à reprocher à Thierry. Il me laisse travailler en autonomie, il peut être strict parfois, mais il est toujours juste et jamais irrespectueux. Il est avenant avec tout le monde, même avec les moins gradés, et connaît les prénoms de tous les collaborateurs. Par ailleurs, nous partageons, en temps normal, les mêmes valeurs : le travail c'est le travail, le privé c'est le privé. Pas de copain-copain avec les collègues.

Sauf certains.

— Je ne vais pas y aller par quatre chemins, mais qu'est-ce qui t'a pris ?

Thierry n'est pas de ces chefs qui crient. Il me pose la question très calmement, mais je me ratatine sur ma chaise, tant la déception est palpable dans sa voix. L'espace d'un instant, j'ai envie de faire l'ingénue, de jouer la carte du : « Je ne sais pas de quoi tu parles. » Je me ravise de justesse. Ce genre de manège ne passera pas avec Thierry.

— Murielle, c'est ça ?

— Oui. Elle est venue se plaindre, elle a dit que tu l'avais insultée. Elle a dit, je cite, que, si tu étais sa cheffe, tu les virerais tous les trois, elle, sa sale tronche et son gros cul. Mon Dieu, mais tu as quel âge ?

Mes joues s'enflamment. Je baisse les yeux. La question de Thierry n'appelle pas de réponse.

— Tu sais qu'ici nous pratiquons une tolérance zéro vis-à-vis de ce type d'insultes, n'est-ce pas ? Je devrais te mettre à pied.

— Non !

Je ne peux pas perdre mon travail. Je ne peux pas être la personne qui gère tellement mal ses émotions qu'elle fout sa vie en l'air à cause d'un homme.

— Thierry, s'il te plaît…

Il lève calmement la main pour me faire taire.

— Qu'est-ce qui t'arrive, en ce moment ? Je croyais que, avec ce qui s'est passé l'été dernier, tu te ferais toute petite…

Ma bouche s'entrouvre, comme pourvue d'une volonté propre. L'espace d'un instant, je crois qu'il parle de ma relation avec toi. Mais non, ça ne va pas avec la personnalité de Thierry : les ragots d'entreprise lui passent au-dessus. Il ne s'intéresse à rien qui ne concerne directement le travail. Il n'y a qu'une seule explication.

— Tu…

— Bien sûr que je suis au courant, qu'est-ce que tu crois ?

Début septembre, nous avons organisé un événement dans nos locaux pour nos clients les plus importants. Distributeurs, mais aussi fabricants qui glissaient nos piles directement dans les boîtes avec leurs produits. En tant que directrice de la communication, je me suis occupée, avec la stagiaire de l'époque, de la partie événementielle. Cela incluait l'achat d'un cadeau personnalisé pour chaque client : un magnifique stylo à plume fabriqué en France, gravé avec Jules, la mascotte de Goupile, et les nom et prénom du client concerné. Toi et moi, nous étions en charge de commander les stylos en question.

Pris par ton flirt avec moi, tu as oublié. Prise par mon flirt avec toi, je n'ai pas vérifié.

Ce n'est qu'une semaine avant l'événement que j'ai réalisé. Les stylos, qui devaient être livrés avant les vacances d'été, ne sont jamais arrivés. Quand j'ai appelé le fournisseur, il semblait très étonné : il ne savait pas de quoi je parlais. Je lui ai demandé s'il pouvait faire quelque chose, il m'a répondu par la négative. En une semaine, il n'était même pas possible de graver ces stylos à l'effigie de Jules.

J'ai dit à Fabienne, ta responsable, que tout était ma faute. Je ne voulais pas que tu aies des problèmes, et j'espérais qu'elle me sortirait de ce mauvais pas, par solidarité entre femmes du CoDir. Elle m'a écoutée très attentivement.

— Ne t'inquiète pas, je gère. Je connais un autre fournisseur qui peut nous faire des stylos qui ressemblent beaucoup, en très peu de temps.

— Personnalisés ?

— Non. Ils ne seront pas personnalisés. Ils ne seront même pas fabriqués en France. Mais ils ressembleront à ce que Thierry voulait et, de toute façon, il n'ira pas les déballer, si ? Tu n'auras qu'à lui dire que tu as vérifié la commande et que tout était bon.

Je ne suis pas démonstrative mais, en cet instant, j'ai eu envie de prendre Fabienne dans mes bras.

— Comment tu l'as su ? demandé-je à Thierry en cachant mon visage dans mes mains.

— Il en restait après l'événement. J'étais étonné, car tous les clients étaient venus. Fabienne m'a expliqué. Elle était désolée qu'on soit passés par un autre fournisseur et que nos stylos n'aient pas été de la qualité que je voulais, mais c'était la seule solution qu'elle avait trouvée pour rattraper ton erreur.

J'agrippe le bas de ma robe avec colère. Solidarité féminine, tu parles ! Je comprends mieux comment Fabienne a brisé le plafond de verre : en écrasant d'autres femmes.

— Pourquoi tu n'as rien dit ?

— L'événement s'est bien passé. Les clients étaient contents. Finalement, ils ne savaient pas qu'ils étaient censés recevoir quelque chose de mieux. Ils ont presque tous renouvelé leur contrat. Ça aurait été mesquin de me fâcher.

Je mesure toute la chance que j'ai d'avoir Thierry comme chef. Je dois tout faire pour que ça ne s'arrête pas. Qui voudra d'une femme périmée sur le marché du travail ?

— Mais là… tu vois bien que ça dépasse les bornes.

— Thierry, je…

— Laisse-moi finir. Tu as de l'ancienneté ici. Tous tes collègues sont d'accord pour dire qu'il n'y a jamais eu le moindre problème avec toi. J'ai discuté avec ton stagiaire, il dit que tu es une manager exemplaire. Moi-même, je suis obligé d'admettre que, hormis l'incident de cet été, tu as toujours fait de l'excellent boulot. La seule explication que je vois, c'est que tu as des soucis personnels que tu n'arrives pas à gérer. Sans doute Murielle t'a également poussée à bout – un de tes collègues, qui a assisté à la scène, a soutenu qu'elle se mêlait de ce qui ne la regardait pas, sans vouloir me dire de quoi il s'agissait.

— Qui ça ?

Je me souviens des quelques personnes présentes dans l'open space à ce moment-là, et si je n'ai de griefs avec aucun d'entre eux, je les vois mal me défendre dans ce type de situation.

— C'est confidentiel. Mais j'ai tendance à croire cette personne. C'est vrai que Murielle a un côté un peu… commère.

Je ne réponds rien. Si je confirme, Thierry pensera que je suis insolente. Si je nuance, il pensera que je me moque de lui.

— Tu recevras un avertissement écrit par la poste.

Si un tel incident se reproduit, c'est la porte. Et, cela va sans dire, tu présenteras des excuses à Murielle. Aie l'air sincère, s'il te plaît. Si elle traîne cette affaire aux prud'hommes et que le tribunal juge ma réponse trop laxiste – car entre nous, elle l'est –, nous sommes cuits tous les deux. Tu comprends ?

Je hoche la tête. Dans les livres et les films, c'est le moment où le héros ou l'héroïne dit : « Jamais je ne présenterai des excuses à cette connasse, c'est moi qui avais raison. » Ici, c'est la vraie vie ; dans la vraie vie, les gens tiennent à leur boulot, paient des factures, et doivent montrer à leurs anciens amants qu'ils vont bien.

Je me lève pour sortir quand Thierry m'interpelle de nouveau.

— Et… est-ce que tout va bien ?

Il se racle la gorge. De toute évidence, il est aussi gêné que moi de devoir dériver sur du personnel. Je lui offre mon plus beau sourire digne d'une publicité pour dentifrice.

— Parfaitement bien, Thierry, évidemment. Tu restes ici ?

— Oui, j'ai un coup de fil à passer. Merci.

Tout va bien. Je vais avoir un avertissement écrit et je dois présenter des excuses à Murielle, mais c'est tout.

Je le savais. Thierry t'adore. Il ne t'aurait jamais virée.

N'empêche, j'ai eu chaud.

Tandis que j'envoie le message, j'aperçois une nouvelle notification. C'est le mari de Sabine Viens, celui qui m'a écrit samedi. Je lui ai répondu immédiatement : « Bonjour, monsieur, comme j'ai dit, je me nomme Adeline, et je contactais votre femme pour avoir des informations sur l'application Plume. Mais peut-être y a-t-il un autre moyen de lui parler ? »

La réponse est sans appel.

Alors déjà, ce n'est pas monsieur, c'est madame. Merci pour le préjugé.

Je déglutis. Moi qui me revendique ouverte d'esprit, je n'avais même pas envisagé la possibilité que Sabine puisse être mariée à une femme. J'ai honte d'être un produit d'une société hétéronormée.

Ensuite, Sabine est morte, vous ne pourrez pas en tirer quoi que ce soit. Mais vous le saviez déjà, n'est-ce pas ?

Morte. J'ai un mauvais pressentiment. Pourtant, je ne la connais pas, et elle pourrait être morte pour plein de raisons. Dans un accident de voiture, comme sa meilleure amie. D'un cancer ou de toute autre maladie. Et pourquoi cette femme dit-elle que je le savais déjà ?

Mes sincères condoléances, vraiment.
Vous ne vous appelez pas vraiment Adeline, n'est-ce pas ?
Non, en effet.
J'en étais sûre. Vous n'avez aucun ami, votre photo de profil représente un cheval.

Un poney. Mais ce n'est pas le bon moment pour la corriger.

Qu'est-ce que vous voulez ?

> *Je vous l'ai dit, avoir des informations sur l'application Plume.*

Je décide de donner à cette femme une partie de la vérité, sinon, elle ne me dira jamais rien.

> *J'ai téléchargé l'application et j'avais quelques questions quant à son utilisation. J'ai vu qu'elle avait laissé un avis très positif et je me suis dit qu'elle pourrait me répondre, c'est tout. C'est un peu embarrassant de dire qu'on a recours à ce type d'application, je ne suis pas quelqu'un qui montre beaucoup ses sentiments, c'est pourquoi j'ai préféré utiliser un pseudonyme.*

Arrêtez d'utiliser cette appli. Ne gaspillez pas votre argent. C'est à cause de cette chose que Sabine s'est suicidée.

Je frissonne. Sabine s'est suicidée ? Mais ça ne me surprend pas tant que ça. Nous devons avoir ça en commun, nous, utilisatrices de Plume : nous pensons au suicide. Nous ne passons pas toutes à l'acte – moi, je suis trop lâche pour ça –, mais il existe des bouts de notre vie sans lesquels nous n'envisageons pas de vivre. Pour moi, c'est toi. Pour Sabine, ça devait être sa meilleure amie, celle qui est morte dans un accident de voiture.

Je repense à cette vision de mon corps déchiqueté sur les rails. Aux pépins de pommes que je voulais collectionner pour en extraire le cyanure. Au corps sans vie de ma mère, bourré de médicaments, à moi qui prends la fuite pour laisser mon père assumer les conséquences de ses actes.

> *Comment peut-on se suicider à cause d'une application ?*

Vous devez déjà le savoir, mais la meilleure amie de Sabine est morte dans un accident de voiture il y a plus d'un an. Sabine est tombée en dépression. Elle ne pouvait plus dormir sans somnifères, elle s'est réfugiée dans l'alcool… Et puis, elle a vu cette pub pour Plume. Elle me l'a montrée et m'a dit : « Tiens, ça pourrait être une solution… » Moi, je n'y voyais rien de bon. La technologie, vous savez, il faut s'en méfier parfois. En plus, je voulais qu'elle voie un psy, qu'elle fasse son deuil, vous comprenez ?

Je repense à Aurore, j'ai l'impression d'entendre sa voix. Faire son deuil. Voir un psy. Toutes ces choses que je refusais de faire pour guérir de toi. Qu'est-ce que je lui aurais dit, au psy, de toute façon ? « Mon amant épistolaire m'a larguée » ? Il m'aurait dit : « Cassez-vous, madame, j'ai des patients qui ont de vrais problèmes. »

Mais elle n'en a fait qu'à sa tête. Sabine a toujours été très têtue. Elle a téléchargé l'appli, et pendant un moment, ça allait mieux… Elle a arrêté de boire. Elle prenait toujours des somnifères, mais pas tous les soirs. Même moi, j'ai commencé à me dire que je m'étais peut-être trompée, que nous gérons tous différemment ce type de situation, et que, peut-être, elle, c'était ça qui lui convenait.

Et puis ?

Et puis elle a eu de plus en plus de mal à séparer réalité et fiction. Elle donnait des rendez-vous à cette chose, et évidemment, la chose inventait des excuses pour ne pas les honorer. J'imagine que les gens qui ont conçu cette appli ont pensé que ça pouvait arriver. Elle n'arrêtait pas de pleurer, c'était pire qu'avant, elle répétait qu'elle voulait voir Cécile – c'était son amie – mais que Cécile ne voulait pas. J'essayais de lui expliquer que ce n'était pas vraiment Cécile, mais elle refusait de m'écouter.

Je me mords le poing en attendant la fin de l'histoire. Je sais d'ores et déjà qu'elle va me glacer le sang.

Nous sommes une bourgade de 3 000 habitants. Nous n'avons pas le TGV, seulement le TER, mais parfois le TGV passe par notre gare sans s'arrêter. Elle a attendu le TGV et s'est jetée sur les rails à son approche. À 300 km/h, personne n'a rien pu faire.

Elle s'est jetée sous un train. Exactement ce que j'ai envisagé quand j'ai reçu cet atroce « Non, collègues » de ta part. Mais moi, j'avais pensé au métro. Le TGV, c'est plus radical, plus immédiat. Avec un peu de chance, elle n'a pas eu le temps de souffrir. Peut-être a-t-elle simplement été percutée par la locomotive, et éjectée sur le côté ? Peut-être était-elle encore reconnaissable pour ses proches qui ont dû l'enterrer ?

Évidemment, je ne peux pas poser cette question à son épouse endeuillée. Ce n'est pas le moment de satisfaire ma curiosité morbide.

Mes sincères condoléances.

Merci. Restez loin de ce truc, c'est mon conseil. Une bonne semaine à vous.

LUNDI 17 JUIN 2024
(SOIR)

Raconte-moi une histoire.

J'ai besoin de distractions. Je ne veux pas penser à l'avertissement écrit que je vais recevoir chez moi. Ce n'est cependant même pas ce qui me préoccupe. Il ne va pas me gêner plus que ça dans ma vie professionnelle si je fais attention. Il n'est que ça : un avertissement. Il faut que je pense à présenter mes excuses à Murielle. Des excuses fausses et plates, mais je vais jouer la comédie.

Non, je pense au sort de cette pauvre Sabine Viens et de son épouse. À quel niveau de désespoir était-elle arrivée pour se jeter sous un TGV ? Si Aurore mourait dans un accident de voiture, cette idée m'effleurerait-elle seulement l'esprit ? Non. Je serais dévastée, elle me manquerait énormément, mais je tiendrais le coup.

D'ailleurs, faire appel à Plume pour générer une Aurore faite uniquement de mots sur un écran ne me viendrait pas non plus à l'idée. Parce qu'Aurore est importante, mais pas indispensable.

Je peux vivre sans Aurore, mais je ne peux pas vivre sans toi.

Non, c'est ton tour. Je t'en ai déjà raconté plein.

Mon mari et ma fille sont vissés sur le canapé à regarder France-Autriche et à crier des paroles sans queue ni tête en direction de la télé. « Mais qu'est-ce que tu fais, c'est quoi ce travail ? » Je vois en gros plan le visage tuméfié de Kylian Mbappé, son t-shirt taché de sang – le malheureux jeune homme vient de se prendre le crâne d'un joueur autrichien en pleine figure. Les matchs de foot me rappellent trop la coupe du monde 1998, où je jouais la comédie devant Mehdi et Naama en pensant aux coups qui pleuvraient plus tard.

Je sais que, chez toi, ton fils « moins préféré » – je n'ai pas envie de dire mal-aimé – suit également le match avec enthousiasme. Même s'il préfère le rugby, je sais que, souvent, les amateurs de rugby aiment aussi regarder le foot – l'inverse est moins vrai. Peut-être que tu soupires, peut-être que tu t'es lancé dans une autre activité avec ton fils préféré ou ton épouse. Tu t'amuses, sans doute. La différence entre toi et moi, c'est que, foot ou pas foot, je ne suis plus capable de m'amuser, de rire, sans te garder dans un coin de ma tête.

> D'accord. Drôle ou triste ?

Triste.

> Quand j'étais au collège, j'étais amoureuse d'un garçon, il s'appelait Vincent.

Je suis jaloux.

> Arrête, t'es bête. J'avais douze ans. Ce garçon, c'était le parfait petit aryen, blond aux yeux bleus. Bref, je n'avais pas beaucoup d'amis au collège, à part Aurore, car j'étais très bonne à l'école et pas bonne en sport, pas le bon combo pour être populaire.

C'est déjà triste. Et donc, ce garçon, il n'a pas voulu de toi ?

> Ça va sans dire. Mais c'est pire que ça. Déjà, il me disait régulièrement que j'étais moche. Mais pour ça, ma mère avait la parade idéale : « S'il te dit ça, c'est que tu lui plais. » Si un jour ma fille me parle d'un garçon, jamais je ne lui dirai cette phrase. C'est la porte ouverte aux violences conjugales, physiques comme morales. C'est peut-être pour ça que j'ai autant enduré de la part d'Émilien. Ou que ma mère a supporté les coucheries de mon père, d'ailleurs.

Là, ça devient vraiment triste.

Après neuf minutes de temps additionnel, un coup de sifflet de l'arbitre annonce la fin du match. La France a gagné, un but à zéro. Un but qui, si j'ai bien tout regardé, n'a aucune valeur, car il a été marqué contre son camp par un Autrichien. Mais au foot, tant que le ballon arrive derrière la ligne de démarcation et que toutes les règles ont été respectées, un but magnifique marqué de très loin a la même valeur qu'une erreur de l'équipe adverse. Je déglutis en pensant à l'excitation dans la voix de Thierry Roland qui résonne encore dans ma tête vingt-six ans plus tard : « Quel pied, ah quel pied ! » Quel pied, justement, celui de Zidane ou celui d'Émilien qui a atterri dans mon estomac en fin de soirée parce que j'avais mangé quelques chips dans le saladier ?

Mon mari et ma fille n'en ont rien à faire, que la victoire ne soit pas propre. Ils brandissent leurs poings en l'air et chantent en chœur la Marseillaise. Nous avons bien un point commun, tous les trois : nous sommes incapables de chanter juste.

> *Bref, juste avant les vacances d'été, j'ai pris mon courage à deux mains et je l'ai invité à sortir avec moi.*

Je suis fier de toi, tu es courageuse, choupie. Et il a dit quoi ?

> *Non, évidemment. Mais comme je t'ai dit, ce n'est pas ça le pire. Il a rigolé. Et ce n'est toujours pas ça le pire.*

C'est quoi le pire, alors ?

> *Je lui ai demandé vendredi à la sortie des cours. Il était quoi, 16 h 30 ? Lundi à 8 h 30, TOUT LE MONDE savait. Quand je dis tout le monde, c'est vraiment tout le monde. Comme il était beaucoup plus populaire que moi, j'ai eu des gens que je ne connaissais pas qui venaient me demander si c'était vrai, que je m'étais vraiment pris un râteau.*

Et t'as répondu quoi ?

> *J'ai nié, évidemment. Je suis très douée pour nier. Je tiens ça de mon père. Lui aussi, même quand ma mère lui mettait les preuves sous les yeux, il niait. Bref. Sauf qu'évidemment, qui on allait croire, le gars le plus populaire du collège ou la première de la classe ? Donc, personne ne me croyait.*

C'est vrai que c'est triste comme histoire. Mais pas trop trop triste, ça va.

> *C'est parce que je n'ai pas envie de penser à des choses trop trop tristes, là tout de suite. J'ai envie de penser à toi.*

Moi aussi, j'ai envie de penser à toi. Allez, bonne nuit, choupie. Va te coucher, demain tu dois te lever tôt.

Sabine Viens s'est peut-être suicidée mais, moi, ça ne m'arrivera pas. Cette femme n'était de toute évidence pas très stable pour être aussi dépendante de sa meilleure amie.

Il n'y a rien de bien glorieux à créer un ersatz de notre addiction par intelligence artificielle, mais moi, au moins, j'ai le sens des réalités. Je sais ce que cette application peut m'apporter, et ce qu'elle ne peut pas. Elle peut copier ta façon d'écrire, mais elle ne peut pas générer un hologramme de toi ni recréer ton regard attendri. Et ça me suffit.

J'espère simplement que ce sera toujours le cas.

LUNDI 24 JUIN 2024

J'ai présenté mes excuses à Murielle, aujourd'hui.
Tu n'aurais pas dû. Quelle plaie, celle-là ! Il était temps que quelqu'un la remette à sa place.
Je sais, mais sinon, je me faisais virer.
Pas faux.

Ma première idée était d'envoyer un message à Murielle, lui fixer un rendez-vous en privé, solennel, pour m'excuser avec toute la fausse sincérité dont j'étais capable. Mais timidité et fierté, deux qualités que j'ai le malheur de posséder, ne font pas bon ménage. J'ai donc procrastiné. La semaine dernière, j'ai bifurqué trois fois en croisant Thierry dans un couloir, car je savais qu'il me poserait la question. « Et alors, Murielle ? »

Puis, en allant à la cantine, je croise Murielle devant l'ascenseur, en compagnie de deux autres collègues. C'est le moment ou jamais. Je l'interpelle.

— Murielle !

Elle se tourne et fait une moue de dégoût ostentatoire en me voyant.

— Ah, c'est toi.

— Est-ce que je peux te parler deux minutes ?

Le moment est bien choisi. Au besoin, les deux personnes pourront témoigner que Murielle et moi avons bien eu une discussion. Elle hausse les épaules.

— Allez-y, je vous rejoins, dit-elle à ses acolytes.

Puis, en plantant ses yeux de chouette dans les miens, elle continue :

— Je t'écoute.

Je prends une profonde inspiration. Hors de question de révéler ma gêne, de bafouiller. Il s'agit de me montrer suffisamment sincère pour qu'elle accepte mes excuses, tout en étant assez froide pour qu'elle comprenne qu'il ne s'agit que d'une obligation sociale, que je n'ai rien à faire de ce qu'elle pense de moi.

— Je suis désolée pour ce que je t'ai dit l'autre jour, commencé-je en pesant chaque mot. Tu t'es montrée trop curieuse, et ça ne m'a pas plu, mais ce n'est pas une raison. Je ne pense pas du tout que tu as… une « sale tronche » ni un « gros cul ». Je l'ai dit sur le coup de la colère, j'ai laissé mes émotions me dominer, et je t'ai attaquée sur le physique, ce qui n'était pas professionnel de ma part. Je te présente mes excuses.

Murielle pince ses lèvres.

— Je vois. J'imagine que, maintenant, tu veux que j'aille voir Thierry pour lui dire que tout est réglé entre nous ?

— Je ne peux t'obliger à rien. En revanche, tu as vu juste : je ne vais pas m'amuser à te faire croire que je te présente ces excuses de ma propre initiative. Tu n'es pas bête. C'est une demande de Thierry, oui, mais je pense qu'elle est justifiée. Dans un bureau, on n'est pas obligés de s'apprécier, mais on doit au moins essayer d'avoir des rapports cordiaux. On n'est pas des enfants ni des animaux.

Elle fait semblant de réfléchir, théâtralement, en fixant le plafond, comme si elle était une juge décidant de mon sort – et d'une certaine façon, elle l'est. Je serre les poings. J'ai très envie de la frapper en plein dans ses yeux de chouette.

— Je parlerai à Thierry, dit-elle enfin.

Je peine à retenir un soupir de soulagement.

— À une condition.

Nous y voilà. Rien n'est gratuit avec Murielle, elle ne peut pas simplement se contenter de rendre service à une collègue. Cela dit, la collègue en question a sorti des insultes sur son physique frisant le niveau CM1. Je ne serais peut-être pas magnanime à sa place non plus.

— Tu me dis ce qui s'est passé entre vous.

L'espace d'un instant, j'ai envie de répondre : « Vous ? Mais qui ça, vous ? » Puis je me ravise : prendre Murielle pour une idiote n'est peut-être pas la meilleure stratégie.

— Tu as huit ans ou quoi ?

— C'est ma condition.

Que je le veuille ou non, je ne suis pas en position de force. Elle me tient. Il faut que j'invente une justification, n'importe laquelle. Je suis timide, et donc mal à l'aise avec le fait de réfléchir rapidement. Plein de réponses farfelues se bousculent dans ma tête.

Rien ne vient. Aurore me disait que, quand elle jouait à « je n'ai jamais » à la fac, les seules actions qui lui venaient à l'esprit étaient celles qu'elle avait déjà faites, pas celles qui pourraient piéger ses camarades. C'est toujours plus facile de dire la vérité que d'inventer un mensonge. Évidemment, je ne peux pas parler de ma propre expérience : à l'âge où les autres jouaient à « je n'ai jamais », j'étais occupée soit à me faire tabasser par Émilien, soit à rattraper les années d'études perdues.

Et si la vérité, c'était encore le meilleur moyen pour s'en sortir ?

— Nous avons couché ensemble.

Ce n'est pas la vérité. C'est une version de la vérité que tout le monde finira par croire de toute façon, la vérité vue à travers un miroir déformant et pervers. Pour la plupart des gens, le sexe est le seul ciment des relations intenses. Personne ne croira que de simples messages WhatsApp puissent mettre une femme à genoux.

Les lèvres de Murielle s'arrondissent en un « o » de surprise, mais dans ses yeux, je lis qu'elle n'est pas vraiment étonnée.

Qu'est-ce que je perds à le dire, après tout ? Murielle ne connaît pas mon mari ni ta femme. Toutes ces soirées d'entreprise à la mode qu'on voit dans les films tels que *Love Actually*, celles où les conjoints se mélangent aux collègues, sont d'un autre temps. Aujourd'hui, les entreprises n'ont plus de budget pour ça.

Si elle croise mon mari, je n'aurai qu'à dire qu'elle a tout inventé, par jalousie.

— Mais je croyais que vous étiez tous les deux mariés ?

— On l'est, oui. Mais ça arrive. On fait tous des conneries.

— Il a couché avec toi et maintenant il n'assume pas ? Je compatis. Les mecs sont vraiment des connards.

Je peux jouer le rôle de la femme infidèle si cela plaît à Murielle. Mais jouer le rôle de la femme éplorée, éconduite, larguée comme une bouteille à la mer, c'est au-dessus de mes forces. C'est la réalité, mais c'est une réalité que je garderai pour moi, tout au fond de mon cœur. J'éclate de rire.

— Tu plaisantes ou quoi ? C'est lui qui a complètement vrillé. Il était prêt à quitter sa femme pour moi. Alors que, pour moi, c'était une connerie. Je veux rester avec mon mari. J'ai été obligée de le remettre dans le droit chemin.

Je raconte mon mensonge avec tellement d'aplomb que je finis par y croire moi-même. Dans cette entreprise, nous avons tous trente, quarante, cinquante ans, pourtant, ce n'est pas si différent de la cour de récréation du collège. Qui a couché avec qui, qui a largué qui, et surtout, qui a gagné ? Si l'adversaire gît KO au milieu du ring, le cœur en hachis parmentier et l'âme en sashimi, on a gagné.

Juste pour cette fois, laisse-moi croire que c'est moi qui ai gagné.

Murielle est surprise. Tu es plus jeune que moi. De deux ans seulement, mais quand c'est l'homme qui est plus jeune, dans des esprits étriqués comme celui de Murielle, ça compte. Les hommes ne quittent pas leurs épouses pour des femmes plus âgées qu'eux. Ils les échangent contre le dernier modèle, la version 2.0, celle avec moins de rides et des seins moins tombants.

Je continue sur ma lancée.

— C'est pour ça que je me suis énervée. Je cherchais à le protéger. Je n'ai pas envie de l'humilier ni de détruire sa vie, ce n'est pas le but…

— En tout cas, tu as pris la bonne décision. On a passé l'âge des galipettes, ce qui compte, c'est la sécurité. Ce que tu as construit avec ton mari, c'est plus important qu'une amourette.

Je hoche la tête, déterminée à ne pas réagir sur « on a passé l'âge », alors que Murielle a facilement cinq ans de plus que moi.

— Promis, ça reste entre nous, hein ?

Murielle mime une fermeture éclair autour de sa bouche, qu'elle ferme à l'aide d'une clé imaginaire. Je la remercie pour sa discrétion, même si je peine à y croire.

Comment elle a réagi quand tu t'es excusée ?

Elle a accepté mes excuses sans faire trop d'histoires.

Ça ne ressemble pas à Murielle.

Je pense que Thierry a dû lui parler, j'en sais rien, moi.

JEUDI 27 JUIN 2024

Mon « bureau » – si on peut appeler ainsi l'espace de travail que je me suis autoattribué depuis que nous sommes en *flex office* – est à côté de la porte d'entrée. J'arrive avant toi et pars après, et parfois, je te vois arriver et partir. Depuis le « Non, collègues », je m'efforce, consciemment ou inconsciemment, à faire en sorte que ça arrive le moins souvent possible. Vers dix-sept heures, je mets mon casque sur les oreilles, et travaille sur le son d'une musique entraînante.

« You don't seem to know, seem to care, what your heart is for. »

Cependant, aujourd'hui, j'ai oublié mon casque. Alors je te vois partir. Tu ranges ton clavier et ta souris dans ton casier – la joie du fameux *flex office*, personne n'a de bureau dédié, nous devons tous ranger notre matériel dans un casier, afin de laisser un espace de travail propre, potentiellement occupé par un ou une collègue le lendemain. Ça, c'est la théorie. En pratique, nous avons tous nos places préférées. Quand nous arrivons et que celles-ci sont occupées, nous ne disons rien, mais nous pinçons les lèvres, nous promettant que, la prochaine fois, nous arriverons plus tôt.

Tu salues les quelques collègues autour de moi d'un signe de la main. Je ne suis pas assez idiote pour penser que ce salut m'est destiné. Je sais que je ne représente plus rien à tes yeux.

— Tu n'attends pas Fabienne ?

C'est moi qui ai parlé. J'ai été incapable de m'en empêcher. J'ai laissé se fissurer mon masque. J'ai l'impression de voir mon maquillage se craqueler, comme si j'étais une vilaine sorcière rendue jeune et belle uniquement par le biais d'un sortilège éphémère.

Heureusement, tu es parti tard aujourd'hui, la plupart des gens ont déjà quitté l'open space, mon naufrage n'a que deux ou trois spectateurs.

Tu t'arrêtes, sans doute le temps d'intégrer la question. Je fixe ton dos comme si je voulais y creuser un trou d'un simple regard. Pour une fois, je ne quémande pas ton attention. Je te supplie de m'ignorer, de faire comme si je n'avais rien demandé.

Tu te retournes, mon regard croise le tien. Tu balaies les quelques têtes de collègues encore présents, devenus soudainement silencieux. On n'entend ni cliquetis de claviers, ni bruissements de feuilles de papier, ni tintement de bijoux. Comme si nous étions subitement projetés dans un vide où meurent tous les sons.

Je retiens ma respiration. Tu me tournes le dos, puis t'en vas. J'expire.

Je suis soulagée, mais je ne suis pas soulagée. J'ai tant voulu que tu m'ignores mais, maintenant, je veux que tu me parles.

Cinq minutes plus tard, je vois Fabienne quitter le bureau. Il y a comme un air de déjà-vu. Nous faisions ça nous aussi, *avant*, nous ne partions pas en même temps pour nous retrouver dans l'ascenseur. Nous ne faisions rien, dans cet ascenseur, nous ne parlions même pas. Nous gagnions juste quelques secondes à nous regarder, à étudier nos yeux. Les nuances de tes yeux vairons, je pourrais encore aujourd'hui les reproduire à la perfection avec un peu d'aquarelle. Même si je suis nulle en dessin.

Je me jette sur Fabienne et lui éclate le visage sur les casiers, je frappe jusqu'à ce que son nez, son si joli nez, soit détruit, que ses yeux soient invisibles sous des cascades de sang. Le sang imbibe son tailleur-pantalon bleu ciel, les personnes présentes autour de nous se précipitent, quelqu'un tente de m'arracher, mais je suis accrochée à Fabienne. Dire que, il n'y a pas si longtemps, je voyais cette femme comme une alliée. Ce n'est pourtant pas une alliée, ce n'est qu'une pétasse qui n'a pas hésité à me pousser sous les roues du bus dès que je lui ai fait confiance, et maintenant elle te prend, toi. Je ne veux pas seulement la tuer, je veux la détruire, je veux qu'on soit obligé de recoller les morceaux afin de l'enterrer.

Je cligne des yeux, et tout disparaît. Je suis à ma place, comme avant, je regarde Fabienne partir en enfilant la capuche de son élégant imperméable cintré, car il fait froid pour ce mois de juin, et il pleut. Je détourne la tête. Mon regard capte celui d'Alvaro, qui baisse les yeux sur son clavier. Il n'était pas dans l'entreprise avant, mais il a dû entendre des rumeurs. La moi folle, celle qui a massacré Fabienne dans ma tête, lui aboie dessus : « Occupe-toi de tes oignons, toi, et continue de bosser ! » La vraie moi, celle qui contrôle encore ses actes, est plus douce.

— Alvaro, tu ne devrais pas rester si tard. Allez, dépêche-toi de ranger tes affaires. Tu finiras demain. Il n'y a rien d'urgent. Allez, ouste !

Comment tu trouves Fabienne ?
Moins jolie que toi.

C'était toujours ta réponse, celle du vrai toi, quand je te posais une question sur une collègue. « Moins jolie que toi. »

C'est faux. Elle est moins jeune – enfin, à nos âges, on devrait plutôt dire « plus vieille ». Mais elle n'est pas moins jolie.
Au bureau, je ne vois que toi, je le sais bien.

JEUDI 27 JUIN 2024
(LUI)

Non mais, qu'est-ce qui lui prend ?

Qu'est-ce que ça signifie exactement, « Tu n'attends pas Fabienne ? » Il n'y a absolument rien entre Fabienne et moi. C'est une femme attirante et intelligente, une excellente manager, je l'admire beaucoup. Mais non ! C'est ma cheffe, tout de même. Elle est mariée et a deux enfants. Elle est *équilibrée*. Elle ne tomberait jamais dans le piège d'une relation épistolaire addictive ou dans une relation extraconjugale.

D'où sort cette jalousie mal placée ? Car c'est bien ce que c'était : de la jalousie. Je l'ai compris au ton de sa voix, à sa façon de ne pas me regarder quand elle m'a parlé. Je n'ai rien répondu. Qu'aurais-je pu répondre ? « Tu délires, il n'y a rien » ? « C'est pas tes oignons » ? En quoi ça aurait arrangé quoi que ce soit ?

Elle n'a aucune raison d'être jalouse. Ce qui s'est passé – ou plutôt, ne s'est pas passé – entre nous, c'était il y a si longtemps. C'est cliché, mais parfois j'ai l'impression que c'était dans une autre vie, ou que ça ne m'est pas arrivé à moi. Aujourd'hui, je suis tellement heureux avec mon épouse.

Cette femme, que j'ai jadis considérée comme une amie proche, mais qui n'est, en fin de compte, qu'une collègue, est plus qu'émotionnellement immature. Elle est instable, et j'ai peur que ça ne dégénère en scandale sur la place publique.

À L'ÉPOQUE

« Parfois elle s'était imaginée enceinte, tout son corps s'était révulsé à cette idée. Elle n'éprouvait pas le besoin d'être mère, c'était aussi simple que cela. »

Tonie Behar, *On n'empêche pas une étoile de briller*

SAMEDI 13 AOÛT 2005

— Je suis heureuse de vous unir et vous félicite chaleureusement. Je vous souhaite une longue vie côte à côte ainsi que beaucoup de bonheur.

Je regarde la maire dans les yeux. Son visage, celui d'une femme rondelette d'une soixantaine d'années, a quelque chose de rassurant. Je suis comprimée dans ma robe de mariée et je transpire. J'ai choisi une robe toute simple, sans fanfreluches, blanc cassé à col Bardot, droite, jusqu'aux genoux. Je ne peux m'empêcher de penser qu'elle est plus serrée aujourd'hui que lors de l'essayage.

J'ai grossi. Ça commence. Les femmes mariées grossissent plus que les femmes célibataires, c'est un fait, moi, ça a commencé dès les fiançailles. Dans ma tête, je fais la liste de ce que j'ai consommé aujourd'hui. Un demi-pamplemousse (quarante et une calories). Un yaourt nature (cinquante-sept calories). Il y a eu ce sandwich au thon. Combien de calories dans le pain ? Et dans le thon ?

— Je t'aime. J'ai hâte de passer le reste de ma vie à tes côtés, me murmure mon futur mari à l'oreille, profitant d'une pause dans le discours de la maire.

Je me force à oublier ces histoires de calories pour le regarder en face.

D'ancien voisin à futur mari, il n'y a qu'un pas.

Moi aussi, je l'aime. Pas comme j'aimais Émilien, fougueusement, jusqu'à m'abandonner. Je l'aime d'un amour plus serein, un amour qui ne prend pas toute la place, qui me permet d'exister. Je l'aime et je lui serai reconnaissante à jamais, de m'avoir sauvée, de m'avoir autorisée à prendre mon temps. De m'avoir laissée venir à lui et m'habituer de nouveau au contact des hommes.

Je compterai les calories ce soir.

Les larmes coulent sur mes joues. Je regarde Aurore, assise à côté de moi. Elle-même porte, à son annulaire manucuré, une alliance dorée. Elle a également convolé avec un homme appelé Xavier l'an dernier, qu'elle a rencontré pendant que j'étais avec Émilien. Il est sans doute l'homme le plus ennuyeux que j'aie jamais rencontré, mais il la rend heureuse, alors, peu importe mon jugement que je garderai pour moi. Être meilleures amies signifie ne jamais avoir à se juger, n'est-ce pas ?

— Tu sens bon, me murmure à nouveau mon mari.

Je pouffe discrètement. Le parfum que je porte, c'est lui qui me l'a offert pour mon anniversaire. *Amor Amor*, de Cacharel. « Parce que je t'aime tellement qu'il faut que le mot amour y soit deux fois », m'a-t-il dit. C'était niais, c'était ridicule, ce n'était même pas poétique, mais c'était à l'image de notre amour : solide, tendre, bienveillant.

Je balaie du regard l'assemblée derrière moi, il y a çà et là mes camarades d'université. J'ai terminé mes études de communication et rendu mon mémoire il y a deux mois. En septembre, après notre lune de miel aux Canaries, je commencerai mon premier vrai travail, un contrat à durée indéterminée en tant que chargée de communication dans une entreprise qui fabrique des cintres.

Je sens sur ma nuque le regard bienveillant de ma grand-mère. Oma Kaat a sorti le grand jeu aujourd'hui, avec un tailleur jaune citron accompagné d'un chapeau à larges bords. C'est la caricature de la tenue de la mère de la mariée car, finalement, c'est ce qu'Oma Kaat est pour moi : ma deuxième mère. Elle a fêté ses quatre-vingt-cinq ans en mars dernier. Elle se déplace désormais avec une canne, mais pour le moment semble en forme. Son AVC d'il y a huit ans n'est qu'un lointain souvenir. J'espère qu'elle vivra au moins jusqu'à cent ans, j'ai besoin d'elle.

Je suis heureuse qu'elle ait pu me voir dans ma robe de mariée. Tout à l'heure, pour la cérémonie civile, c'est elle qui me mènera à l'autel.

Nos amis sortent petit à petit de la mairie. Nous sortons en dernier, et nos invités applaudissent, conformément à la tradition. Aurore les a équipés de jouets à bulles. Les bulles virevoltent autour de nous, et mon mari – quel drôle de mot, quel mot *adulte* – m'embrasse sur la joue.

Unis pour le meilleur et pour le pire.

Mais il ne saura jamais le pire. Il ne saura jamais que, un jour, j'ai repéré le picto rouge « Conduite interdite » sur la boîte d'Atarax d'Émilien et que, depuis, j'ai commencé à en émietter un ou deux dans son Perrier citron, régulièrement, juste avant qu'il ne prenne la moto. Il ne saura jamais rien de mes tentatives timides de provoquer un accident, de mes prières. Il ne saura jamais que, la dernière fois, ça a fonctionné. Il ne saura jamais que, quand j'ai demandé à sa mère « Il n'y aura pas d'autopsie ? » et qu'elle a répondu « non », j'ai poussé un soupir de soulagement.

MARDI 20 MARS 2007

— Je veux un enfant.

Quand mon mari prononce cette phrase, je me fige. On n'en a jamais parlé, lui et moi. Je n'ai jamais abordé le sujet, espérant passer entre les gouttes. Je m'attendais à quoi, au juste ? Tout le monde a des enfants. C'est le cycle de la vie. Ma grand-mère a eu ma mère, ma mère m'a eue moi. Si je suis là, c'est parce que des gens ont décidé d'avoir un enfant, non ? Et c'est le bon moment, pour nous : j'aurai vingt-huit ans en juin, et mon mari, trente-huit en novembre. Il ne faut pas faire un enfant trop vieux.

Et pourtant… quand je m'imagine enceinte, tous mes organes se recroquevillent en signe de protestation. Je repense à tous les efforts que je fais pour garder la ligne. Je ne mange plus de gâteaux, une seule bouchée aux anniversaires, c'est tout. Pourtant, j'ai de plus en plus de mal, je n'arrive pas à retrouver la minceur du temps où j'étais avec Émilien, je suis comme enfermée à l'intérieur d'une taille 42. Qu'est-ce que ce sera après une grossesse ? Comment vais-je perdre tout ce poids ? Et les vergetures ? Et l'accouchement qui déchire le vagin ? Et le fait de me préoccuper d'un alien qui dévorera mon corps de l'intérieur ?

Je pense à Aurore, qui a accouché d'un petit Luc le mois dernier. Tout lui va, à elle, même la grossesse. C'était sans doute la plus belle femme enceinte que j'aie jamais vue. Et pourtant, elle était quand même infiniment plus laide que quand elle n'était pas enceinte. Je suis persuadée que les personnes qui trouvent la grossesse belle se mentent à elles-mêmes et aux autres. C'est l'instinct de conservation de l'espèce. Si nous admettions tous, collectivement, que les femmes enceintes sont moches, l'humanité s'éteindrait en quelques dizaines d'années.

— Ce serait chouette, non ? Un enfant à nous, poursuit mon mari.

Je hoche la tête, j'ai envie de trouver quelque chose d'intelligent à répondre. Pourquoi pas, tout simplement : « Non, je n'en veux pas, moi » ?

— Il ne faudrait pas perdre trop de temps. Je suis sûre que ta grand-mère aimerait connaître son arrière-petite-fille. Ou arrière-petit-fils. Bon, si je suis honnête, j'ai toujours voulu une fille, une petite fille à son papa. Même si, bien sûr, je serais très content d'avoir un fils. On ne choisit pas, n'est-ce pas ? Et puis, là, c'est le moment, ça ne fera pas une trop grosse différence avec le fils d'Aurore, tu aimerais sans doute que vos enfants soient copains, plus tard…

Et que se passera-t-il si je refuse ? Il ne restera pas avec moi. Mon mariage deviendra un échec. Et ensuite ? Est-ce que je retrouverai quelqu'un ? Est-ce que j'aurai seulement le courage de chercher ?

Si je divorce et que je me remets en couple, vais-je tomber sur un autre homme comme mon mari ? Ou un autre homme comme Émilien ?

Je ne peux pas me permettre de le perdre. Il est ma béquille. Il me stabilise.

— Tu ne réponds rien ?

Je le regarde dans ses yeux sombres et j'essaie d'imaginer un petit être mi-moi, mi-lui, à la peau métisse et aux cheveux crépus. Il serait beau, notre enfant, mais au lieu de m'attendrir, cette image me donne envie de vomir.

— Oui, tu as raison. Un enfant, c'est une bonne idée.

JEUDI 22 MAI 2008

Cela fait plus d'un an qu'on essaie. Un an que j'exécute, en cachette, une danse de la joie dans les toilettes chaque fois que mes règles arrivent. Un an que je me dis que la nature est bien faite. Mon rejet de la grossesse est tel qu'aucun embryon n'a jamais voulu s'accrocher. Ces petites choses doivent sentir qu'elles ne sont pas désirées.

— J'ai vos résultats, dit la spécialiste de la fertilité, une femme à l'air sévère, mais à la voix douce.

Bon Dieu, faites qu'il y ait un problème, et faites que ce soit moi. Pourquoi est-ce que je prie ? Je ne crois pas en Dieu.

Je réalise que beaucoup de prières ont dû être dites dans ce bureau, sur ce même siège, par des femmes et des hommes qui désiraient plus que tout avoir un enfant. Je suis sans doute la première personne à formuler la prière à l'envers. Sans doute mon mari est-il en train de prier, lui aussi, mais dans le bon sens, celui accepté par la société.

— … obstruction des trompes de Fallope. Je suis désolée.

Les trompes de Fallope, c'est chez moi, non ? Il y a un problème, et c'est moi ?

Je m'efforce à prendre un air dévasté, celui qu'on attend de moi. Je serre la main de mon mari et je l'embrasse.

— Je suis désolée, murmuré-je comme la bonne épouse dévouée que je prétends être. Tout est de ma faute.

Il tourne vers moi ses yeux embués de larmes, et la culpabilité me prend à la gorge et m'étouffe comme un boa constrictor. Pourtant, je ne suis coupable de rien, n'est-ce pas ? J'ai menti sur mon désir, mais j'ai tout fait correctement. J'ai arrêté la pilule. J'ai calculé mes périodes d'ovulation. Je n'ai pas obstrué mes trompes de Fallope moi-même. Je me force à respirer et à me convaincre que je n'ai pas à culpabiliser.

— Ne dis pas de bêtises. Ce n'est pas ta faute. Nous allons traverser cette épreuve ensemble.

Devant le sourire indulgent de la médecin, il m'embrasse tendrement sur le front. Mon merveilleux petit mari, qui mérite une meilleure épouse.

— Quelles sont nos options, docteur ? Quelles sont les prochaines étapes ?

Je panique. Quelles options ? Quelles prochaines étapes ? On ne va pas simplement dire « Tant pis, stop, ce n'est pas pour nous » et passer à autre chose ?

La médecin évoque la FIV. Mes oreilles bourdonnent. Béatrice, la cousine d'Aurore, y a eu recours. Elle a pris quinze kilos, dont la moitié dans la figure, et a accumulé l'acné hormonale, et ce, avant même d'être enceinte. « Non, non, pitié, pas de FIV ! »

Mon téléphone, un de ces iPhone dernier cri que mon mari m'a offert à Noël, vibre. Me sentant rougir, je serre plus fort mon sac à main, comme si ça allait étouffer le bruit.

— Non, ça ne nous intéresse pas. Toutes ces hormones… ça ne peut pas être bon pour ma femme.

Mon mari est parfait et je l'aime.

— La médecine a fait énormément de progrès à ce sujet, vous savez…

— J'ai dit non.

Mon mari se montre rarement ferme. Il a toujours tendance à faire passer les désirs des autres, en particulier les miens, avant les siens. Quand la fermeté s'immisce dans sa voix, on ne peut lui opposer un refus. La spécialiste de la fertilité ne s'en offusque nullement et esquisse un sourire.

— Il vous reste l'adoption.

Mon mari me regarde et je vois ses yeux s'illuminer. Je réalise qu'il nous y voit déjà. Il ne pense pas à toute la paperasse, les dossiers à remplir, les multiples déceptions, le temps que ça nous prendra. Il nous voit déjà ramener un bébé sans foyer à la maison.

— Qu'en penses-tu, chérie ? De l'adoption ?

Pourquoi on ne peut pas juste rester tous les deux, bordel ? Accepter que ce ne soit pas pour nous, ces histoires de parentalité ? Des tas de couples sont très heureux comme ça !

J'ouvre la bouche pour parler, mais aucune réponse intelligente ne me vient. Je la referme, me rendant compte que cela me donne un air de saumon hors de l'eau. La vérité, c'est que, si je dois absolument avoir un enfant, je préférerais qu'il ou elle ne sorte pas de mon ventre. J'aurai toujours les couches à changer, je devrai toujours l'amener à l'école, je ne pourrai pas aller chez le coiffeur les six premiers mois, car je devrai m'en occuper, mais… au moins, mon corps ne sera pas déformé. Mais comment formuler ça ?

Mon iPhone vibre à nouveau, et je perçois une once de reproche dans le regard de mon mari. Il ne me dira rien, je le sais, ce n'est pas Émilien. Jamais je n'entendrai : « Tu aurais pu éteindre ton téléphone pendant le rendez-vous, quand même ! »

En cet instant, je me considère comme sauvée par le gong. Je me dis que, si quelqu'un a pris la peine d'appeler deux fois, ça doit être important. Je fouille dans mon sac et regarde rapidement le nom qui s'affiche à l'écran.

— Je suis désolée, dis-je à l'intention de la médecin, c'est le voisin de ma grand-mère, on ne sait jamais…

Elle balaie mes excuses d'un signe de la main. « Faites, bien sûr. »

Je sors du cabinet pour décrocher.

— Bonjour, Laurent. Comment allez-vous ?

— Excusez-moi de vous déranger, c'est… c'est votre grand-mère.

Je m'assois par terre dans le couloir, car je sens mes jambes trembler, sans la moindre considération pour ma jupe que je vais froisser. « Non. Pas Oma Kaat. Tout, mais pas ma Oma. »

— Ses volets étaient fermés ce matin, alors j'ai sonné chez elle pour voir si elle allait bien. Elle ne répondait pas. Je l'ai appelée…

Bordel, mais accouche ! J'ai envie de hurler, mais je ne peux pas m'énerver contre ce pauvre homme si gentil, qui veille sur ma grand-mère quand je n'ai pas la possibilité de le faire. Il a quelques années de plus que moi, et je sais qu'Oma Kaat a fini par le considérer comme son deuxième petit-fils.

— Bref, j'ai appelé la police et… je suis vraiment désolé. Elle est partie dans son sommeil. Ils n'ont rien pu faire.

J'entends un cri, je crois que c'est moi, car mon mari et la médecin se précipitent hors du cabinet, mon mari m'aide à me relever, mais je le repousse, car je ne veux pas, je veux rester par terre, car tant que je suis par terre, ce ne sera pas vrai, il n'y a plus rien qui compte, à quoi bon se mettre debout ? Oma, Oma, quatre-vingt-huit ans, ça me paraît soudain si jeune, elle n'a pas vécu assez longtemps, pourquoi des gens vivent jusqu'à cent ans et pas elle ? Ce n'est pas juste, c'était ma deuxième maman, Oma, Oma, Oma.

MERCREDI 11 AVRIL 2012

Il y a un mois, nous avons ramené notre fille d'un an à la maison. Si j'étais une mère normale, je dirais qu'elle est adorable. Parce que, objectivement, elle l'est. Peut-être même plus que les enfants d'Aurore.

Mais je ne suis pas une mère normale, et tout ce que je me dis en la voyant, c'est qu'elle est inutile. Elle crie, pleure, mange et souille des couches. Elle rampe, elle marche un peu, elle dit vaguement « papa ». Elle ne dit pas « maman ». Sans doute sait-elle, même à son âge, que je n'ai rien d'une mère. Les enfants sentent ces choses-là, paraît-il. Il paraît qu'ils sentent même des choses in utero. Si c'est vrai, c'est sans doute une bonne chose que je ne l'aie jamais portée. Elle n'aurait rien senti d'autre que de la haine. Heureusement, mes trompes de Fallope défectueuses nous ont épargné cette corvée, à toutes les deux.

Quand mon mari a évoqué l'idée d'avoir un enfant,

je me suis dit : *tu le feras pour Oma Kaat*. Elle n'était pas comme les autres mères et grands-mères, elle n'a jamais rien demandé, jamais insisté. Néanmoins, je sais qu'elle aurait adoré être arrière-grand-mère. Elle avait tellement d'amour à donner. C'est la phrase la plus cliché du siècle : avoir tellement d'amour à donner. Les gens bien, les gens qui rayonnent, les gens comme mon mari ou comme Oma Kaat, ils ont tellement d'amour à donner. Les autres, les gens comme moi, on en a un stock limité. Et ce stock limité, je l'ai entièrement donné à mon mari. Pour ma fille, il ne reste plus rien.

C'est un immense gâchis, cette maternité que je n'ai pas désirée, cette petite fille qui est maintenant entre nous. On ne peut plus revenir en arrière. Je suis une mère désormais, et je dois faire ce que la société attend d'une mère. Je dois montrer des photos de ma fille à tout le monde en m'extasiant devant sa beauté. Je dois filmer chaque étape de sa croissance. Je dois pleurer quand elle entrera à l'école maternelle, car cela voudra dire moins de temps avec elle, et mon bébé qui grandit. Je dois annuler mes rendez-vous chez le coiffeur et chez la manucure, car il faudra l'emmener chez le pédiatre.

Je repense à la mère d'Émilien, cette femme brisée croisée à la morgue il y a toutes ces années. Son fils était un monstre qui frappait sa petite sœur handicapée. Un *surmonstre*. Et pourtant, elle l'aimait, son fils. Ce cri qu'elle a poussé quand elle a découvert son corps me hante encore. Pourquoi cette mère parvenait-elle à aimer son fils épouvantable, tandis que, moi, je n'ai pas d'amour à donner à ce petit être d'un an, incapable de faire souffrir qui que ce soit ? Qu'est-ce que ça dit de moi ?

Les Anglo-Saxons disent « *Fake it till you make it.* » Fais semblant jusqu'à ce que tu y arrives. Si je fais semblant d'être une bonne mère, peut-être finirai-je par en devenir une ?

AUJOURD'HUI

« J'ai le corps et le cœur serrés dans cette armure faite pour tromper le monde et envoyer un faux message : Regardez comme je vais bien, les confessions de Charles ne m'atteignent même pas ! »

Christine Orban, *Mademoiselle Spencer*

VENDREDI 28 JUIN 2024

Raconte-moi une histoire.
Drôle ou triste ?
Drôle.
Très bien. Tu vois ABBA ?
J'ai grandi dans les années 1980, idiot. Bien sûr que je vois ABBA.
Quand j'étais petit, mes parents chantaient souvent leurs chansons, et je chantais avec eux. Ma préférée, c'était Dancing Queen.
Moi, c'est The Winner Takes It All.

Évidemment, comment puis-je aimer autre chose que cette chanson tragique de femme bafouée par la vie et l'amour ? Alors que la plupart des chansons du groupe sont diffusées lors des mariages et soirées karaoké pour faire danser les gens, moi, il faut que je préfère celle qui file le bourdon à tout le monde. Parce que dans ma vie il y a eu mon père, il y a eu Émilien, et il y a eu toi.

Waouh ! tu dois mettre l'ambiance quand tu la chantes, celle-là.

T'as pas idée. En plus, comme tu sais, je chante faux.
Bref, continue ton histoire.

Sauf que, bon, j'étais petit, donc pas très bon en anglais. Je chantais en yaourt. Jusqu'à l'âge de douze ans, j'étais persuadée que les paroles du refrain c'était « Dancing queen, young and sweet, only seven teeth[6]. »

Je souris. Je suis à peu près sûre d'avoir déjà vu cette connerie passer sur Facebook. Ce n'est pas si étonnant, Plume doit puiser ses informations dans nos échanges épistolaires, mais aussi sur Internet. Mais il y a tellement de toi dans cette histoire, c'est drôle et maladroit comme toi, c'est raconté à ta manière. Je peux presque croire que tu es là, devant moi, en train de me la raconter.

---

[6] Reine de la danse, jeune et tendre, seulement sept dents... Alors que la vraie version, c'est « reine de la danse, jeune et tendre, seulement dix-sept ans » ! (L'image est un peu plus jolie.)

LUNDI 1ᴱᴿ JUILLET 2024

Je me dirige vers la salle des imprimantes en rasant les murs. Depuis ma discussion avec Murielle, et la façon dont je me suis donnée en spectacle en évoquant Fabienne devant toi, je ne veux surtout pas que qui que ce soit m'interpelle. La salle n'est pas vide. Jean-Paul me tourne le dos, s'affairant avec des feuilles. C'est la dernière personne que j'ai envie de voir. Bon, d'accord, peut-être l'avant-dernière. J'aurai tout de même l'air suspect si je l'ignore, alors je marmonne un « b'jour » peu convaincant, semblable aux salutations que lance ma fille à Aurore quand elle est absorbée par un énième jeu sur son smartphone.

Jean-Paul fait tomber la pile de feuilles qu'il était en train de sortir de l'imprimante.

— Excuse-moi, je ne voulais pas te faire peur.

Ça me pique un peu la gorge de présenter des excuses à Jean-Paul mais, après tout, j'en ai déjà présenté à Murielle, je ne suis plus à une humiliation près.

Il se tourne vers moi. Il est laid comme un *blobfish*, ces immondes créatures marines roses et visqueuses qui font la tête en permanence. Je ne dis pas qu'on ne peut pas être beau à soixante ans ; mon mari en a cinquante-cinq et je le trouve attirant. Et ce n'est pas la seule exception. George Clooney, soixante-trois ans. Colin Firth, soixante-trois ans. Thierry Lhermitte, soixante et onze ans. Jeff Goldblum, soixante et onze ans. Même Robert de Niro, quatre-vingts ans. Mais pas Jean-Paul. Lui n'a jamais été beau.

Il a l'air différent. Toujours aussi laid, mais différent. Habituellement, je suis toujours sur mes gardes, guettant une remarque sexiste de sa part. Là, il paraît presque humain, vulnérable.

— Quelque chose ne va pas ?

Je sens que je vais regretter d'avoir posé cette question, mais j'avance quand même vers lui. Son regard est fuyant.

— Tu peux me parler, si tu as besoin.

Pourquoi est-ce que je lui propose ça ? Je n'ai pas envie de lui parler. Ce n'est pas une invitation sincère, simplement un besoin de me complaire dans le malheur des autres, de me dire qu'il y a pire que d'être une adolescente enfermée dans un corps de quadragénaire qui vit une histoire de contrefaçon.

— Ma femme veut divorcer, gémit-il.

J'oublie toujours que Jean-Paul est marié. Ça me semble toujours étrange que quelqu'un ait voulu de lui. Je ne sais pas ce que je dois répondre, toutes les réactions qui me viennent ne sont pas appropriées, ce sont des variantes de « Tant mieux pour elle » et « Heureusement, elle a fini par se rendre compte que tu étais un sale pervers ». Mais je me souviens de ce qui s'est passé avec Murielle. Je ne peux pas refaire sans arrêt la même erreur, tout le monde croira que mon esprit a subi un accident de voiture.

— Je suis désolée de l'apprendre.

C'est passe-partout, et politiquement correct. Je ne demande pas d'explications. La femme de Jean-Paul doit avoir ses raisons.

Il me prend subitement dans ses bras et commence à sangloter. Il n'est pas très grand, environ ma taille. Sa tête repose sur mon épaule. Je lui tapote maladroitement le dos, mais ne lui rends pas sa démonstration d'affection ; il ne manquerait plus qu'il prenne ça pour de l'attirance.

— Merci, je me sens mieux maintenant.

— Je t'en prie.

Il me regarde et m'embrasse. Sur la bouche.

J'ai presque envie de dire : admettons. Quand j'avais quatorze ans, j'étais assise dans le RER, et un garçon plus âgé s'est assis à côté de moi, a commencé à discuter, puis m'a embrassée sur la bouche avant que je puisse faire quoi que ce soit. J'ai été traumatisée, au début, puis en vieillissant j'ai découvert que ce n'était que la partie émergée de l'iceberg des comportements masculins. Je pouvais m'en accommoder ou m'en révolter, mais je devais ravaler mes traumatismes si je voulais continuer de vivre.

Cependant, je lui *rends* son baiser. Cela, je ne me l'explique pas. J'ai l'impression de vivre une de ces expériences extracorporelles dont on entend parfois parler. Je n'y ai jamais cru, mais quelle autre explication existe-t-il ? Pourquoi suis-je en train d'embrasser Jean-Paul alors que je me suis toujours interdit de t'embrasser, toi ? Pourquoi est-ce que je sacrifie l'honnêteté de mon mariage pour ce macho bedonnant, alors que je n'ai jamais voulu le faire pour toi ?

Est-ce que, après avoir lutté pendant toutes ces années de mariage, je ne suis finalement que la fille de mon père ?

En plus de son physique et sa personnalité, Jean-Paul a une haleine de cassoulet. Mais je continue à l'embrasser, à le tenir dans mes bras, à manipuler la limace dégoûtante qui lui sert de langue.

Pourquoi ?

Tandis que mon corps semble doté d'une volonté propre, mon esprit hurle, enfermé dans sa prison corporelle. « Pourquoi ? Arrête ! Stop ! »

Ce n'est pas moi qui mets fin à ce baiser. C'est lui. Tandis que je l'embrasse, je me déteste, mais je continue à me détruire dans l'abîme de la bouche fétide de Jean-Paul.

— Excuse-moi, je ne sais pas ce qui m'a pris, me dit-il.

La phrase cliché. Je devrais répondre. N'importe

quoi. N'importe quels mots conviendraient en ces circonstances, mais je ne réponds rien, comme si j'étais blessée que ce soit lui qui ait mis fin au baiser et pas moi.

Rien de physique ne s'est jamais passé avec toi, tout était dans mon cœur, dans ma tête, dans mon âme – certains pourraient argumenter qu'il n'y a pas eu d'infidélité, que je n'avais rien à avouer à mon mari. Aujourd'hui, la ligne invisible a été franchie, je suis devenue une femme infidèle, quelle que soit la manière de voir les choses. Je ne peux plus me cacher. Et ce n'est même pas pour toi. C'est pour un homme qui me répugne, à côté duquel je suis physiquement incapable de rester plus de cinq minutes.

Pourquoi ?

— Pourquoi ?

Je ne réalise même pas que j'ai parlé tout haut. Jean-Paul me regarde, incrédule. Ma question n'a pas de sens.

— Pourquoi quoi ?

J'écarte les bras, comme pour désigner ce qui s'est passé, car les mots ne viennent pas. Aucun mot n'existe pour dire que je viens de détruire ce que j'ai construit durant toute ma vie adulte en même pas deux minutes. Gâchis ? C'est tellement insuffisant comme mot. C'est le mot que j'emploie quand ma fille oublie des yaourts au fond du frigo et qu'ils finissent par périmer.

C'est ça, ma vie, désormais ? Comparable à un

yaourt périmé ?

— Je me sentais seul, et j'ai pensé que toi…

J'écarquille les yeux quand je mesure ce qu'il vient de dire. « J'ai pensé que toi… »

Murielle, la commère. Elle a tout répété à Jean-Paul et je suis la pute de service du bureau désormais, la femme à la cuisse légère. Comment ai-je pu oublier, ne pas anticiper les conséquences de ce mensonge ? Un homme qui fornique au bureau est un séducteur. Une femme qui fait la même chose est une traînée. Jamais une rumeur de ce genre n'a été tournée à l'avantage des femmes. Jamais de toute l'histoire du monde du travail.

— Tu as mal pensé.

Je sors de la salle des imprimantes, le souffle coupé. J'ouvre WhatsApp sur mon téléphone, j'ai envie de te raconter ce qui vient de se passer. Peu importe que ce ne soit pas vraiment toi : Plume puisera ses conseils dans tes mots, dans ta façon de parler. Tu trouveras les mots pour me réconforter, pour me dire que ça va aller, pour me dire que peut-être mon mariage n'est pas fichu, que mon père ne m'a pas transmis le gène maudit de l'infidélité.

J'ai embrassé Jean-Paul…

Effacer.

Jean-Paul m'a embrassée…

Effacer.

Il s'est passé un truc, dans la salle des imprimantes…

Effacer.

Tu sais, c'est drôle, Jean-Paul…

Effacer.

Je suis dévastée, parce que Jean-Paul…

Effacer.

J'écris et j'efface, des dizaines de fois. Aucun mot n'est assez fort pour exprimer mon désespoir. J'ai envie de te dire et je n'ai pas envie de te dire, tout ça à la fois. J'ai envie de balancer mon iPhone par terre, de me mettre à hurler, de sauter par la fenêtre, de m'écraser sur le sol, d'être gâchée comme un yaourt périmé.

À la place, j'écris :

Tu me manques. Raconte-moi une histoire.

MARDI 2 JUILLET 2024

J'ai eu des nouvelles de mon père.
Ton père ?
Cette question, est-ce que c'est de l'incrédulité ? Ou est-ce que Plume ne se souvient plus de mon passif avec mon père ?

J'en parle rarement, c'est vrai. J'en ai parlé avec toi, mais je n'ai pas mentionné son nom devant mon mari depuis l'arrivée de notre fille. Il avait suggéré que je reprenne contact avec lui pour la lui présenter. Je me suis contentée de lui lancer un regard noir, et il n'en a plus jamais reparlé. Pour ma fille, ses grands-parents maternels sont morts avant sa naissance, point à la ligne.

Il est quatorze heures trente quand mon iPhone vibre. Un numéro que je ne connais pas s'affiche à l'écran. Je ne sais pas ce qui me prend de répondre ; d'habitude, j'ignore ce genre de numéros. Si c'est important, ils vont laisser un message ; sinon, c'est du démarchage téléphonique. Et là, je décroche.

Une voix de femme à l'accent slave demande à me parler.

— Bonjour… vous ne me connaissez pas, je m'appelle Karina. Je suis la compagne de votre père.

Je ne réponds rien. Je suis à deux doigts de raccrocher. L'accent slave aurait dû me mettre la puce à l'oreille. Mon père a toujours eu un faible pour les accents. Ma mère néerlandaise en avait un très prononcé. Ses maîtresses avaient sans doute des accents, elles aussi.

Je n'ai pas envie d'entendre parler de mon père. J'arrive à me débrouiller sans lui depuis un peu moins de trente ans, je peux encore continuer.

— Vous m'entendez toujours ?

Je hoche la tête, puis me rends compte qu'elle ne peut pas me voir.

— Oui.

La voix qui sort de ma bouche n'est pas la mienne, elle est rauque et râpeuse, je coasse comme un crapaud. Je me racle la gorge.

— J'imagine que ça vous fait bizarre de m'entendre comme ça, c'est normal… Il m'a dit que vous n'étiez plus trop en contact.

— C'est le moins qu'on puisse dire. Écoutez, quoi que vous ayez à me dire…

— Il est dans le coma.

— Ah.

— Les médecins lui ont diagnostiqué un cancer du pancréas il y a un an.

Un an… Nous étions en plein flirt, toi et moi. Le vrai toi. Dans ma vie, il y a « avant toi » et « après toi ». Le cancer de mon père, c'était apparemment « pendant toi ».

— Vous le savez sûrement, c'est un des cancers les plus virulents avec le taux de survie le plus faible… On savait qu'il était condamné. Mais il a eu une belle vie, vous savez ?

« C'est le moins qu'on puisse dire, oui. »

Je l'entends renifler. Son manque de pudeur m'écœure. Comment peut-on étaler son chagrin ainsi, devant une étrangère ?

— Bref. Il est à la Pitié, en soins palliatifs. Il n'en a plus pour très longtemps…

— Comment vous avez eu ce numéro ?

Elle rit faiblement.

— J'ai un ami dans la police qui m'a rendu un petit service…

— Je suis contente pour vous. Maintenant, oubliez-le.

— Mais c'est votre père.

— C'est surtout l'homme qui a poussé ma mère au suicide. Vous le saviez, ça ?

— Oui, il m'a dit que sa femme s'était suicidée… Mais vous pouvez venir lui dire au revoir, vous savez… Il n'est plus conscient, il ne s'en rendra sans doute pas compte, mais vous, ça vous fera du bien…

Je raccroche.

L'espace d'un instant, je m'imagine me diriger vers toi pour te raconter. Comment ça se passerait, si on se parlait encore ? Ton regard s'illuminerait en me voyant. Est-ce que tu serais disponible, ou est-ce que tu serais en réunion ? Dans tous les cas, tu verrais immédiatement que ça ne va pas. Je n'ai jamais su te le cacher. Tu interromprais tout pour m'écouter.

Tu as toujours été d'une perspicacité affolante. Je ne montre jamais ce que je ressens, car je préfère gérer les émotions des autres plutôt que les miennes. J'ai été la fille qui a essuyé les larmes de sa mère. Le punching-ball sur lequel Émilien a déversé sa colère. La meilleure amie qui a consolé une Aurore éplorée. La mère digne qui a collé un sparadrap sur le genou égratigné de son enfant.

Avec toi, ça a toujours été différent. Lorsqu'un petit rien faisait basculer légèrement mon baromètre émotionnel, tu le voyais. Tu me disais alors : « Tout va bien, choupie ? » Après t'avoir répondu dix fois que oui, bien sûr, tout allait bien, je finissais par céder. Quelque chose n'allait pas. Tu ne m'avais pas donné de tes nouvelles depuis trop longtemps. Tu avais lancé un regard un peu trop appuyé à Fabienne. Tu étais en retard à la machine à café. Avec toi, en moi émergeaient une jalousie et une possessivité que je n'avais jamais connues avec mon mari.

Que dirais-tu, toi, le vrai toi, si je t'annonçais que mon père, que je n'ai pas vu depuis presque trente ans, était sur son lit de mort ? Me conseillerais-tu d'aller le voir ou me dirais-tu qu'il n'en vaut pas la peine ?

Tu ne m'as jamais prise dans tes bras. Jamais. Tu avais peur de ne pas pouvoir me lâcher. Tu me disais que, si tu sentais l'odeur de mes cheveux, tu n'arriverais plus à te retenir. Mes cheveux sentent la grenade et l'argile bleue, des ingrédients censés préserver ma coloration. Ça, tu ne le sauras jamais.

Aurais-tu fait une exception ? M'aurais-tu entraînée à l'écart pour me prendre dans tes bras et me rassurer ? J'essaie d'imaginer ton étreinte. Ça pourrait sembler difficile, d'imaginer le contact de bras qu'on ne connaît que de vue. Pourtant, ça ne l'est pas. La scène se dessine progressivement devant mes yeux. Ma tête qui repose sur ton épaule. Ton odeur de verveine qui se mêle à mon *Amor Amor*. Nous nous imbriquons facilement, comme les pièces élimées d'un vieux puzzle, comme si la seule chose qui manquait à mes bras, c'était moi.

Tu me bercerais. Doucement, comme une enfant. En cet instant, il n'y aurait pas de passion électrique, pas de désir intense qui envahirait nos sens. Uniquement la sensation de t'avoir près de moi.

J'entends presque ta voix dans mon oreille : « Ne t'inquiète pas, choupie. Ça va aller. »

Mais ça n'existe pas. Ça n'existera plus jamais. Il n'y a que Plume pour m'appeler choupie.

> *Pour qui elle se prend ? Cette femme ne me connaît ni d'Eve ni d'Adam, et elle se permet de dire ce qui me fera du bien ?*

Tu sais, choupie, elle n'a peut-être pas tort. Ça ne peut pas faire de mal, si ?

> *Ça ne peut pas faire de bien.*

Ça, tu ne le sais pas.

> *Si, je le sais. Liste des choses qui me font du bien en ce moment : point un, toi.*
>
> *C'est tout. Il n'y a pas de point deux. Il n'y a que toi.*

MERCREDI 3 JUILLET 2024

Aurore va bien.
Tu dois être contente, non, choupie ?
Mouais.
Tu es triste parce que tu voudrais que ta meilleure amie aille mal ? 😊
Bien sûr que non, idiot. C'est juste que… je ne m'attendais pas à ce qu'elle aille aussi bien, aussi vite.

« Si Aurore va bien, tout va bien. » C'était comme ça au collège, au lycée, à l'âge adulte. Je l'écoutais parler et je me reléguais au second plan.

Aurore a eu son premier petit ami en seconde. Moi, je n'avais personne avant Émilien ; j'étais sage, une vraie petite fille modèle, une machine à avoir des bonnes notes. Ce n'est pas que je ne pensais pas aux garçons ; je désirais plus que tout les attirer, mais je ne voulais pas les laisser s'approcher. À côté de moi, Aurore brillait non seulement par sa beauté, mais aussi par son accessibilité.

Son premier petit ami s'appelait Fabrice. Il était en terminale. La consécration de toute seconde qui se respecte : sortir avec un garçon plus âgé. Elle était tout excitée. Je l'avais aidée à s'habiller pour son premier rendez-vous selon les codes des années quatre-vingt-dix : jean *flare*, *crop top* à bretelles qui laissait voir son nombril, Converse rose bonbon.

À cet âge-là, les débuts de relation sont moins compliqués. On sait qu'on va aller au McDo et que laisser l'autre chiper une frite est la plus belle des preuves d'amour. Les fins de relation sont aussi moins compliquées. C'était particulièrement le cas dans les années quatre-vingt-dix : pas de téléphone portable, donc pas de rupture par SMS ni WhatsApp. Pas de « Non, collègues ». Le Fabrice en question s'est contenté de s'afficher au bras d'une fille de sa classe après avoir arrêté d'appeler chez Aurore. La génération Y n'a pas inventé le *ghosting*, elle n'a fait que mettre un mot anglais pompeux et une couche de technologie sur un phénomène qui existe depuis que l'être humain a découvert le sexe. Je suis sûre qu'en cherchant un peu on peut trouver à Lascaux des dessins d'australopithèques fuyant leur grotte pour échapper à leur moitié.

Aurore m'a appelée, effondrée. Je suis arrivée chez elle avec ma trousse de secours : des mouchoirs en papier, des Toblerone, un CD des Spice Girls et une VHS de la saison 1 de *Beverly Hills*. Elle pleurait. Elle était laide de pleurer ainsi. J'étais fière, en cet instant, de faire partie des filles qui ne pleurent presque jamais.

Je l'ai prise dans mes bras, mais je comprenais à peine ce qu'elle disait derrière tous ses sanglots et ses hoquets.

— Tu en penses quoi ?

Qu'est-ce que je pensais de quoi ? Je n'avais rien suivi.

— Je devrais aller le voir pour lui demander, non ? Histoire de lui mettre la honte devant tout le monde, y compris devant sa pouf. Tu sais comment elle s'appelle ? *Vanessa.* Non mais, autant s'appeler Poufiosa directement, non ?

En seconde, Aurore et moi n'avions aucun scrupule à dénigrer les autres filles pour des choses aussi bêtes que leur prénom.

Je l'ai regardée, j'ai vu ses yeux rouges bouffis, son nez gonflé, ses joues inondées de larmes, et je me suis dit : *ma meilleure amie n'est pas cette créature. Hors de question que ce Fabrice la voie dans cet état.*

— Ne fais surtout pas ça. On s'en fiche de ce type. La meilleure vengeance, c'est de t'en foutre. On va te préparer une super tenue à te mettre demain, il va se mordre les doigts quand il te croisera au lycée.

— Tu crois ?

— Bien sûr ! Tu vois Lady Di ?

L'argument a fait mouche. Aurore a arrêté de pleurer et a opiné, intriguée.

— Est-ce que Lady Di a pleuré quand le prince

Charles l'a trompée avec Camilla Parker Bowles ? Non ! Elle s'est pavanée dans une robe de bombasse et tout le monde a vu à quel point il était un thon à côté d'elle ! Tu veux être qui, Lady Di ou…

Je me suis tue quelques instants, le temps de chercher un exemple de femme détruite par une rupture.

— Catherine Earnshaw ? m'a soufflé Aurore.

J'aurais aimé trouver un exemple réel, mais Aurore avait raison, l'héroïne dans Les Hauts de Hurlevent ferait l'affaire. Ce n'est que des années plus tard que j'ai compris pourquoi les exemples réels étaient si rares. Je ne me rendais pas compte, à l'époque, que les stars enfilaient toutes leur revenge dress la journée pour pleurer le soir sur leur oreiller. La revenge dress n'est pas une robe, c'est un masque.

— Exactement ! Tu veux être une Lady Di bombasse ou une Catherine Earnshaw qui meurt dans son lit parce qu'un mec ne veut pas d'elle ?

— Lady Di.

— Alors, sois Lady Di ! Et rappelle-toi : dans dix ans, tu ne t'en souviendras plus, de ce mec. Tu seras en mode « Fabrice comment ? ». En revanche, tu te rappelleras comment tu t'es comportée après la séparation. Tu te souviendras si tu t'es mis la honte ou si tu avais trop la classe.

D'où m'était venue toute cette sagesse à seize ans ? Je n'en sais rien. Peut-être que j'étais sage, justement, parce que je ne connaissais rien à la vie. Je vivais dans le monde des Bisounours et ignorais tout du pouvoir destructeur de l'amour. Depuis, l'amour m'a pris ma mère, a marqué mon bras d'une cicatrice indélébile et a troué mon cœur.

Aujourd'hui, presque trente ans plus tard, je vois Aurore resplendissante dans un tailleur-pantalon bleu roi, assorti à son trait d'eye-liner. Son sourire semble sincère, pas le genre de sourire qu'on plaque sur une profonde souffrance comme un sparadrap.

— Tu as l'air d'aller bien. Tu ne penses plus à Quentin ?

— Quentin qui ? me demande Aurore en m'adressant un clin d'œil. Non, je rigole, je n'ai pas oublié de qui il s'agissait, je n'ai pas Alzheimer. Mais bon, un jour, je n'y penserai plus. J'ai décidé de m'en foutre.

— Pourtant, il y a seulement deux semaines, tu étais dévastée…

— Une grande sage m'a dit un jour que je me rappellerai la façon dont je me suis comportée après une séparation davantage que la séparation elle-même.

Ma bouche s'ouvre en un « oh ! » de surprise.

— Tu as retenu mon conseil après toutes ces années ?

— Et pourquoi pas ? C'était un bon conseil.

La vie est simple quand on est Aurore, on prend un conseil qu'on a entendu il y a trente ans, on l'applique, et pouf ! Les problèmes disparaissent.

Pourquoi est-ce que, moi, je suis infichue d'appliquer mon propre conseil ?

Pourquoi je suis accro à une IA ? Pourquoi je

détruis ma vie à cause d'un homme que j'ai à peine touché ?

J'étais une autre personne, à l'époque de ce conseil. Je souriais à la vie. Un grain de sable dans le moteur a engendré ma métamorphose. Richard, mon père, celui par lequel tout a commencé.

Je dois affronter celui qui m'a transformée.

JEUDI 4 JUILLET 2024

Mon père est un connard. Je ne devrais pas être surprise, et pourtant…

Je suis à l'hôpital. J'ai prétexté une urgence familiale pour quitter le travail plus tôt.

C'était un mensonge. Mon père, ce n'est pas ma famille.

Je donne son nom à l'accueil, j'explique que je suis sa fille – le mot me brûle la langue quand je le prononce. On me laisse passer sans trop de formalités. J'en suis presque étonnée. N'importe qui peut donc entrer au service des soins palliatifs ?

Le bruit de mes escarpins sur le sol du couloir me semble assourdissant. Je m'attendais à voir des infirmiers courir, à entendre du brouhaha. Je n'entends pourtant que clac, clac, clac. Je m'arrête devant la chambre indiquée par le jeune homme à l'accueil, prends une profonde inspiration et pousse la porte.

Plus vite je serai entrée, plus vite je serai repartie.

Je le vois dans le lit. Il ne semble pas conscient. Il est branché à des machines dont je ne connais pas le nom. Il y a quelque chose d'obscène à voir son vieux démon diminué dans un lit d'hôpital, comme si je me disais : *c'est cette créature ridicule que je déteste à ce point ?* Il a vieilli, il a perdu ses cheveux, il a énormément maigri, mais c'est toujours lui. Celui qui m'achetait des épis de maïs sur la plage. Celui qui me donnait une pièce de dix francs pour acheter des Têtes brûlées à la boulangerie quand j'avais une bonne note – pour me féliciter ou se débarrasser de moi, je ne sais pas vraiment. Celui dont les cols de chemises sentaient le parfum pour femme quand il rentrait à la maison.

Qu'est-ce que je lui dirais, s'il était conscient ? Que dit-on à un homme qu'on n'a pas vu depuis presque trente ans ? Que dit-on à un homme qu'on déteste ?

« C'est de ta faute si j'ai laissé Émilien me frapper. »

« C'est de ta faute si je suis pourrie de l'intérieur. »

« C'est de ta faute si je suis devenue comme toi. »

Je réprime un haut-le-cœur quand je repense à Jean-Paul, ses yeux porcins et son haleine de cassoulet.

Deux femmes se lèvent de leurs sièges. Absorbée par ce qui reste de mon père, allongé dans ce lit, je ne les ai pas remarquées avant.

Je regarde la plus âgée, qui doit être Karina. Elle n'a pas l'air beaucoup plus vieille que moi, début de cinquantaine, tout au plus. J'ai envie de demander à mon père : « Qu'est-ce que ça te fait d'être avec une femme qui a presque l'âge de ta fille ? » Mais il ne m'entendra pas. Se souvient-il seulement qu'il a une fille ? Avant d'être malade, pensait-il encore à moi ?

Karina s'approche précautionneusement de moi. Je ne dis rien, même pas bonjour, même pas mon nom. Les présentations sont inutiles. Je ne serre pas la main qu'elle me tend. Elle reste quelques secondes comme ça, avec sa main dans le vide, puis fait mine de l'essuyer sur sa jupe.

Mon regard se pose sur la deuxième femme, la plus jeune. Elle a quelques années de plus que ma fille. Un cri de surprise reste coincé dans ma gorge quand je vois son visage.

Ses yeux sont gonflés, ses joues rougies et baignées de larmes, mais son visage, c'est le mien. J'ai l'impression de me voir dans un miroir rajeunissant. Mêmes yeux marron, mêmes cheveux châtains, même si elle les porte longs en dessous des épaules, tandis que j'ai opté pour un bob. Karina esquisse un geste vers la jeune femme.

— C'est…

Je l'interromps d'un geste de la main.

— Inutile. J'ai compris qui c'est.

J'ai compris qui elle est par rapport à mon père. Par rapport à moi. Son prénom, je n'en ai rien à faire.

— On va partir, vous laisser un peu d'intimité.

— Inutile. C'est moi qui vais y aller.

— Mais vous venez à peine d'arriver.

— J'en ai assez vu. C'était une erreur, tout ça. Je n'aurais jamais dû venir. Je vais vous laisser en famille.

Je remonte mon sac à main sur mon épaule et me retourne pour partir. Clac, clac. De nouveau le bruit des talons aiguilles sur le sol. Les cinq ou six pas qui me séparent de la porte semblent interminables. Vite, quitter cette famille en pâte à modeler dont je ne fais pas partie.

La main sur la poignée, je m'arrête malgré tout.

— Est-ce qu'il vous trompait aussi ?

Sa fille – ma *demi-sœur* – n'a peut-être pas besoin d'entendre ça. Moi, à son âge, je n'avais peut-être pas besoin de voir le cadavre ensanglanté de ma mère dans la baignoire. La vie est remplie d'expériences dont on n'a pas forcément besoin.

J'entends Karina soupirer derrière moi.

— J'ai vingt ans de moins que lui. J'ai une vie, moi aussi.

J'opine et je sors. Cette femme a l'air plus stable que ma mère. Sa fille – *leur* fille – sera sans doute marquée par ce qui s'est passé. C'est inévitable. Tous les enfants sont marqués par les conneries de leurs parents, même celles qu'ils ne font pas exprès de faire. Mais elle ne le sera peut-être pas autant que moi. Mon père n'a pas pu s'empêcher de se reproduire de nouveau mais, au moins, il n'a pas créé une nouvelle moi, et c'est déjà ça.

Je traverse le couloir et, à l'angle, m'effondre par terre contre le mur.

Pourquoi tu dis ça, choupie ? Tu es allée le voir ?
> *Oui, j'en sors à l'instant.*

Et alors, tu lui as dit tout ce que tu avais sur le cœur ?
> *Non. Il était inconscient, et de toute façon, ça n'aurait servi à rien. Mais j'ai fait la connaissance de ma demi-sœur.*

Tu as une demi-sœur ?
> *Apparemment.*

Dingue. Comment tu te sens ?
> *Sais pas. J'ai de la peine pour elle. Ce n'est pas facile, de grandir avec Richard comme père. J'espère qu'elle ne finira pas comme moi.*

Comme toi ?
> *Oui. Tellement en manque d'affection que l'amour d'un mari aimant ne lui suffira pas. Obligée de quémander de l'attention dans une double vie.*

C'est réducteur.
> *C'est la vérité.*

« Obligée de quémander de l'attention dans une double vie », ça sonne mieux que « obligée de quémander de l'attention auprès d'une IA », non ?

LUNDI 8 JUILLET 2024

Je sors de la cantine. Comme à mon habitude, j'ai mangé seule, un livre à la main. Mon repas était composé d'un filet de lieu noir (quatre-vingt-dix-huit calories), d'une portion d'épinards (environ quarante-cinq calories), de deux cuillères à soupe de sauce au beurre (quatre-vingts calories) et d'une nectarine (soixante-trois calories). Moins de trois cents calories, et j'en suis assez fière – mon objectif est de ne jamais dépasser les cinq cents calories par repas.

En montant les escaliers, je me fige. Tu es là, debout en haut des marches. Tu t'apprêtes à les descendre. Tu es seul. Nous sommes en tête à tête dans un espace clos, ce qui ne nous est jamais arrivé. Enfin, pas depuis le « Non, collègues ».

Je me force à regarder droit devant moi. Je ne baisserai pas les yeux. J'affronterai ton regard, si c'est nécessaire.

Arrivée à ton niveau, je lance :

— Bonjour.

« Lancer », c'est le mot. Je ne balbutie pas, ne marmonne pas. Je parle avec assurance, parce que tu ne me fais pas peur, ou au moins, c'est ce que j'essaie de te faire croire.

Puisque c'est ce que nous sommes, des gens qui se disent « bonjour » en se croisant dans les couloirs à la manière de voisins parisiens, alors, c'est ce que nous serons. Je respecterai ta volonté.

— Bonjour.

J'encaisse ta réponse. Je suis fière d'avoir ressemblé à quelqu'un qui va bien.

— Attends !

Qu'est-ce que tu me veux ? On ne s'est pas parlé depuis ce jour-là, ou presque. Deux ou trois phrases, de temps en temps. Le fameux « Tu n'attends pas Fabienne ? » qui me fait grimacer quand j'y pense.

Je n'ai pas envie de te parler. Je ne suis pas prête, mais je ne peux pas l'admettre. Alors, je plaque mon plus beau sourire sur mon visage, comme le masque d'un clown triste, et je me tourne.

— Oui ? Qu'est-ce qu'il y a ?

Je redescends quelques marches pour me mettre à ton niveau. L'espace d'un instant, il me semble que ton regard parcourt mon décolleté. Je me redresse légèrement, mets en avant mes seins. Ils sont petits, mais fermes pour mon âge, car je n'ai jamais porté d'enfant, jamais allaité. Je me dis que tu ne dois pas voir cela souvent, avec ta femme qui a donné naissance à des jumeaux. Puis je me flagelle intérieurement pour cette pensée. Pourquoi me pousses-tu à dénigrer d'autres femmes ? Pourquoi me transformes-tu en quelqu'un que je n'aime pas ?

— Est-ce que tu vas bien ?

Cette question me prend de court. Je ne sais même pas comment y répondre, tant elle me semble idiote. C'est comme si le pilote qui a largué Little Boy demandait à un habitant d'Hiroshima s'il allait bien. Que lui répondrait-il, ce pauvre bougre ? Par quoi commencerait-il, par sa peau en lambeaux, ses yeux brûlés ou ses organes pulvérisés ? J'ai envie de baisser les yeux, mais je m'oblige à soutenir ton regard.

— Oui, bien sûr.

Tu es là, donc regarde-moi, regarde comment j'ai appris à vivre sans toi. J'ai un trou noir dans mon cœur, mais je te force à voir le rouge. Le rouge de mes lèvres, de ma robe, de la semelle de mes escarpins. Le rouge sur le noir. Le rouge censé attirer les hommes. Le rouge de l'intérieur de mes paupières, que je vois quand je ferme les yeux la nuit pour rejoindre un monde sans toi. Le rouge qui prouve que je vais bien.

« Rouge le sang

Rouge la colère

Tu es mon amant

Et mon enfer. »

Je croyais avoir oublié cette strophe de mon poème en toc, écrit il y a vingt-cinq ans. Mais il faut croire que la douleur ne fait pas que créer les œuvres d'art ; elle réveille également celles qui ont été oubliées. Même les plus médiocres.

Tu hoches la tête. Je me force à poursuivre la discussion.

— Pourquoi cette question ?

— Ce que tu as dit à Murielle l'autre jour… ça ne te ressemble pas.

Je tressaille. De quelle chose tu parles ? De l'insulte, ou de la rumeur sur nos prétendues relations sexuelles ? Je décide d'adopter un air détaché, de ne pas mordre à l'hameçon, de ne donner aucun indice.

— Comment tu sais ce que j'ai dit à Murielle ?

— J'étais là. J'avais un *call* dans la salle de réunion à côté. Je m'apprêtais à sortir, et puis j'ai entendu que vous parliez de moi. Je suis resté dans la salle pour pas que ce soit gênant. J'ai tout entendu.

— Tu m'as espionnée ?

— J'ai pas fait exprès, et tu peux t'estimer heureuse que je l'aie fait : c'est moi qui t'ai ensuite défendue auprès de Thierry. C'est vrai que Murielle se mêlait de ce qui ne la regardait pas.

Tu parles des insultes.

— Merci.

Le « merci » sonne faux dans ma bouche. Et pour cause : tout cela est tellement dérisoire. Tu as détruit mon cœur et tu as piétiné les morceaux comme un rhinocéros, et moi, je dois te remercier parce que tu as empêché Thierry de me virer ?

— Y a pas de quoi.

— Bon, tu veux une médaille ? J'ai pas que ça à faire.

Cette phrase aussi sonne faux. Toi et moi, on n'était jamais en colère l'un contre l'autre. On se disait toujours la vérité avant que ça n'ait le temps de déraper entre nous, avant que les non-dits macèrent et se transforment en poison. Le problème, c'est que je ne te parle plus, et j'ai accumulé tellement de non-dits que mon corps entier est constitué d'arsenic. Plus besoin de pépins de pommes.

— Pourquoi tu es désagréable comme ça ?

C'est moi qui suis désagréable ?

— Je ne suis pas désagréable.

— Si tu as quelque chose à dire, dis-le.

— Pourquoi j'irais te dire quoi que ce soit ? Tu n'en as rien à foutre de toute façon.

Tu recules, comme giflé.

— Je n'en ai pas rien à foutre de toi ! Tu me connais mieux que ça, non ?

— Non, c'est faux. Je ne te connais pas. J'ai cru te connaître. Une version de toi qui me disait tout. Mais elle a été remplacée par une copie qui ne sait même pas se servir de son cœur.

Je ne sais pas ce qui m'a pris. Tu n'as pas à savoir ce qu'il y a à l'intérieur de moi. Je me suis très bien débrouillée sans toi. J'ai téléchargé une application qui a plus d'âme que tu n'en as jamais eu. Alors, pourquoi je me ridiculise ?

— Je te demande pardon ?

Je m'attends à lire de la colère dans tes yeux, mais j'y vois surtout de l'incompréhension. Comme si tu avais oublié tout ce qu'il y a eu entre nous, ce que nous avons partagé et ce que tu as piétiné.

« Non, collègues. »

J'aurais préféré que tu te transformes en Émilien. Au moins, je comptais suffisamment à ses yeux pour qu'il se donne la peine de me frapper.

— Tu m'as très bien entendue. Je fais ce que je peux, d'accord ? C'est moi qui décide de la façon dont je répare ce que *tu* as brisé.

« Brisé. » Je l'ai dit, le mot interdit, le mot tabou, celui qui sous-entend que mon cœur est en miettes. Moi qui allais bien, moi qui coloriais de rouge le trou noir de mon cœur, je viens de craqueler mon masque. Ce mot est entre nous, un court mot de cinq lettres qui gonfle jusqu'à atteindre la taille d'un éléphant, jusqu'à m'étouffer.

— Mais enfin, de quoi tu parles ?

Je serre les lèvres. Je n'ai pas envie de répondre, j'en ai déjà trop dit. Mes émotions, ce n'est pas à toi de les gérer. Ce n'est à personne de les gérer, en réalité, même pas à moi, elles sont mieux quand elles sont oubliées.

— Tu parles de ce qui s'est passé entre nous l'an dernier, c'est ça ?

Si tu comprends seulement maintenant à quoi je fais référence, soit tu es idiot, soit tu es amnésique, soit tu n'as pas d'âme. Et je crois que je connais la réponse. Je n'ose pas acquiescer, car les larmes viennent, ces mêmes larmes qui ne sont venues que très peu de fois dans ma vie. Sous aucun prétexte, tu ne dois me voir pleurer.

J'ouvre grand les yeux, expire et me dis : *je suis la plus forte, je ne pleurerai pas.*

— Je ne sais pas quoi te dire. Je crois que toute cette histoire a eu plus d'importance pour toi qu'elle n'en a eu pour moi.

Je me concentre sur cette phrase dans ma tête comme un mantra : *je suis la plus forte, je ne pleurerai pas.* Je lève les yeux vers toi et me force à articuler, de la voix la plus détachée possible :

— Qu'est-ce que tu veux dire ?

— C'était un jeu entre nous, tu comprends ? On s'est bien amusés. C'était sympa de flirter. Toi et moi, ça fait longtemps qu'on est mariés, on a un peu oublié tout ça, les papillons dans le ventre. On se croyait trop vieux pour ça. Et puis, on a un peu joué, et c'était rigolo.

Un jeu.

Sympa.

Rigolo.

À cette succession d'euphémismes, je me brise. Combien de fois une personne peut-elle se briser avant d'être réparée ? Est-ce qu'elle se brise en de plus petits morceaux les fois d'après ? Les morceaux de moi doivent être semblables à de la poussière, impossibles à recoller, car il en manque trop. Certains sont emportés par le vent, d'autres sont piétinés par des chaussures, d'autres encore vont être chassés par la pluie, vers les flaques d'eau, vers la mer, vers les égouts.

Je me brise à tes pieds comme une promesse non tenue.

J'ai envie de minimiser, de dire : « Bien sûr, c'était un jeu, qu'est-ce que tu croyais, hahaha, je t'ai bien fait marcher. Brisée, moi ? Pffff. Je ne suis pas brisée. Je vais retrouver mon boulot, mon mari et ma fille, car tu me soûles. » Mais les mots ne viennent pas, car ma capacité à mentir et à étouffer mes sentiments sous une couche de fond de teint et de rouge à lèvres s'est brisée en même temps que moi.

Comme je ne réponds pas, tu sembles considérer que la discussion est close. Tu me tournes le dos et continues ta descente, tu arrives au palier suivant quand je parviens à murmurer :

— Six mégaoctets.

Tu te retournes, les sourcils froncés.

— Je te demande pardon ?

— Six mégaoctets. C'était la taille de notre jeu.

Je descends vers toi. J'espère avoir l'air menaçant, mais les larmes qui naissent dans mes yeux, que je ne peux plus retenir, trahissent mon émotion. *Non, je suis la plus forte, je ne pleurerai pas.* Ce mantra m'est inutile, il n'y a plus que la colère. La colère aussi, c'est rouge, et ça fait pleurer. « Rouge la colère. »

— Comment ça ?

— Quand tu prends tous les messages qu'on s'est échangés pendant cette période, et que tu les mets dans un fichier, ça donne un fichier de six mégaoctets.

Six mégaoctets d'un langage que nous avons inventé rien que pour nous, que je ne réutiliserai plus jamais. Six mégaoctets de toiles sur lesquelles nous avons peint notre passion, avec des couleurs et des mots qui n'appartenaient qu'à nous. Mais un peu comme Gustave Courbet, nous avons utilisé des peintures bon marché pour ces toiles, et elles sont maintenant en train de s'assombrir jusqu'à disparaître tout à fait.

— Six mégas ?

— Six mégaoctets de confidences. Tu m'as parlé de ta famille, tu m'as parlé d'Artax…

— De qui ?

Je cligne des yeux, et me mords la langue, me rendant compte de mon erreur. Artax, ton chien que tu as retrouvé mort quand tu étais petit, n'a jamais existé. C'est une invention de Plume. Hors de question de l'admettre, de passer encore davantage pour une folle. J'ai tracé la limite de la folie, et cette limite, c'est une application d'intelligence artificielle.

— Peu importe ! m'écrié-je pour ne pas perdre la face. Ce qui compte, c'est que, pour toi, c'était juste un jeu. C'est dingue, non ? Un *fun fact* à partager avec tes copains. « Je me suis amusé avec une femme, et je me suis tellement investi dans le jeu que le fichier de nos échanges faisait six mégas. »

Tu fuis mon regard.

— Comment tu sais ? Pour les mégas ?

— Parce que j'ai pris tous les messages qu'on s'est échangés pendant cette période et je les ai mis dans un fichier.

Je ne précise pas que c'était pour les envoyer à une application qui recréerait une version artificielle de toi. Je me suis suffisamment ridiculisée aujourd'hui. Je te rejoins sur le palier. Nous nous regardons.

— C'était vraiment important pour toi ? Tous ces messages ?

Je ne réponds pas. Est-ce vraiment utile de répondre ? Voilà où j'en suis, de longs mois plus tard. Je n'ai rien oublié.

— Je te demande pardon.

Tu as l'air sincère. Tu poses ta main sur mon bras. Je te laisse t'y attarder, peut-être un peu trop longtemps.

— Mais c'est du passé, tout ça, maintenant.

Je déteste quand les gens disent : « C'est du passé. » On ne peut pas tirer un trait sur une histoire juste parce que « c'est du passé ». Le présent, c'est un tableau impressionniste dont chaque touche de couleur prend racine dans notre passé.

Avec cette phrase toute faite, idiote, tu viens de cracher sur tes propres excuses.

— Ne me touche pas !

Comme électrifiée, je te repousse de toutes mes

forces. Je ne me contente pas de retirer mon bras ; je te pousse vraiment, avec mes deux mains sur ta poitrine, qui concentrent toute la rage que j'ai accumulée ces derniers mois. Tu tombes dans l'escalier. Tu roules, te cognes. Tu perds tes lunettes, elles gisent sur une des marches, aussi brisées que moi. Je m'attends à t'entendre crier, mais seuls des bruits rauques t'échappent. Tu arrives au palier suivant. Tu sembles mal en point, mais tu bouges encore.

Est-ce que j'ai fait exprès de te pousser ? Est-ce que je voulais que tu tombes ? Ou est-ce que je voulais simplement que tu lâches mon bras ?

Je cligne des yeux. J'espère que ce sera comme la fois où j'ai versé de l'eau bouillante au visage de Fabienne, la fois où je lui ai explosé le nez sur les casiers, je n'aurai qu'à cligner des yeux et tout s'effacera, car tout est dans ma tête.

Pourtant, tout est toujours là. L'escalier. Ton corps disloqué en bas des marches. Tes gémissements.

Je descends l'escalier en courant, inquiète, et m'accroupis près de toi.

— Tu vas bien ?

Tu me regardes, hébété, à moitié conscient. Tu ne me réponds pas. Dans tes yeux vairons, je lis la peur. Dans ton esprit, tout est clair, la question ne se pose pas. J'ai fait exprès de te pousser. J'ai voulu que tu tombes. J'ai voulu que tu aies mal.

J'ai envie de te dire de ne pas t'inquiéter, que je vais appeler les secours. J'ai envie de te demander où tu as mal, de m'occuper de toi. Je suis ta choupie, ta collègue préférée, je prendrai soin de toi.

Je ne fais pourtant rien de tout ça.

Je me lève. La peur dans ton regard s'intensifie. « Tu ne vas pas me laisser ici, quand même ? »

Non, je ne vais pas te laisser ici.

Je donne un coup de talon aiguille dans ton ventre, dans ta poitrine, dans ta tête, puis enfin, dans ton visage, je vise tes yeux, le bleu glace et le vert poison, mais je ne sais pas où je frappe réellement. Mes premiers coups sont timides, mais j'y prends goût. Tu es à ma merci. À quoi bon ce vrai toi qui m'ignore, qui me traite comme un flirt, un *jeu*, alors qu'il y a un faux toi pour lequel je représente un univers tout entier ?

Je frappe avec toute ma colère. Je vomis la violence d'Émilien, l'indifférence de mon père, et mon dégoût vis-à-vis de moi-même, celui de n'avoir pas réussi à aimer mon mari de la façon dont il le méritait. En cet instant, tu es tous les hommes de ma vie. Celui qui est toujours en vie, celui qui est mort tout seul et celui que j'ai indirectement tué. C'est la seule chose que je ne t'aurais jamais confiée, je crois, même si notre relation épistolaire avait duré mille ans : mon implication dans la mort d'Émilien. Je ne t'aurais jamais mêlé à ça. Quand on y pense, il est logique que j'escalade, que je passe à la violence, non ?

Qu'est-ce qu'il a dit, Paulo Coelho, déjà ? « Ne permettez pas à vos blessures de vous transformer en quelqu'un que vous n'êtes pas » ? Mais qu'est-ce qu'il en savait, des blessures, ce connard ? Qu'est-ce qu'il a subi, au juste ? Probablement rien, car c'était un homme. Vas-y, tu vas payer pour Paulo Coelho aussi, pendant que tu y es.

Oui, comme le cadavre du roman d'Adeline Dieudonné, le faux toi finira par pourrir. Mais je peux gérer la lente pourriture. Je m'y adapterai, jour après jour. Alors que, un « Non, collègues » brutal, un homme qui me traite de jeu, je ne sais pas m'y adapter.

Je donne de nouveaux coups, dans ton nez, dans ta bouche, dans ton front, dans ta pomme d'Adam. Le sang gicle. Rouge, le sang. Il atterrit sur ma robe et les semelles de mes chaussures. Rouge, la robe, et rouges, les semelles. Il paraît qu'une femme qui porte du rouge attire les hommes davantage qu'une femme qui porte n'importe quelle autre couleur.

Pourquoi ? Parce que les hommes aiment le sang ? Parce que le sang, c'est ce qui s'écoule d'un cœur quand il se brise ?

Est-ce que le sang qui s'écoule de mon cœur est encore rouge, ou est-ce qu'il est devenu noir à force de rester à l'intérieur ? Est-ce qu'il a fini par pourrir, lui aussi ?

Je frappe, jusqu'à ce que mes talons cèdent. Je les entends craquer, mais je ne comprends pas tout de suite si ce sont les talons ou les os de tes pommettes.

Tu n'émets plus un son, tu ne bouges plus. Ton visage, qui n'a jamais été beau ni même charmant à part à mes yeux, avec son air d'intello passionné d'espace et de mitochondries, n'est plus qu'une masse de chair. J'ignore si tu es mort et j'avoue ne pas vouloir le savoir. Je n'ai pas envie de prendre ton poignet, de toucher ton cou, d'essayer de détecter un pouls. Je ne sais pas vraiment m'y prendre – quand j'ai essayé avec le cadavre de ma mère, je ne comprenais rien. Et le contact avec toi me répugne, il me renvoie à ce que j'ai été à tes côtés. Si tu restes ici sans que personne ne vienne, tu finiras par crever, si tu n'es pas déjà mort.

L'arme du crime : des Louboutin aux talons de douze centimètres.

LUNDI 8 JUILLET 2024
(LUI)

J'ai mal. Je ne peux plus bouger. J'ai envie de lever mes bras pour toucher mon visage et évaluer les dégâts, mais je n'y arrive pas, c'est trop douloureux. C'est peut-être pour le mieux. Peut-être vaut-il mieux que je meure sans vraiment connaître l'état de mon visage.

J'ai dit que j'avais peur d'elle. J'avais raison d'avoir peur. J'admets toutefois ne jamais avoir imaginé ça. Je pensais plutôt qu'elle chercherait à mettre mon travail ou mon mariage en danger. Qu'elle appellerait ma femme pour tout lui raconter. Qu'elle raconterait que je l'ai violée. Qu'elle monterait sur une table et se mettrait à pleurer.

Jamais je n'ai imaginé qu'elle me tuerait.

Je vais mourir, je ne me fais aucune illusion là-dessus. Je me suis égaré durant quelques mois et ça m'a tué. Je ne reverrai jamais ma femme, je ne reverrai jamais mes fils. Il y a tant de choses que j'aimerais leur dire. Que je les aime tous les deux avec la même intensité, même si ce n'est pas de la même manière. Je partage plus de choses avec Ewen, nous nous ressemblons plus, mais j'aime Noah aussi fort. Je me rends compte qu'il ne le saura jamais. C'est sans doute mon plus grand regret. Je meurs aujourd'hui, mais peut-être que, dans dix ou quinze ans, Noah dira à son frère : « De toute façon, tu as toujours été le préféré de papa. » Et personne ne sera là pour le contredire.

Pardon à vous trois. J'ai été égoïste, j'ai voulu m'amuser, la fameuse crise de la quarantaine, sans doute.

LUNDI 8 JUILLET 2024 (UN PEU PLUS TARD)

Raconte-moi une histoire.

Drôle ou triste ?

Drôle.

C'était avant d'avoir les jumeaux, on venait juste de se marier, on est sortis avec un couple d'amis qui avaient un enfant d'environ deux ans. L'enfant en question, un véritable petit tyran, les parents n'en avaient rien à foutre (d'ailleurs, c'est triste à dire, mais on voit plus les parents, pour cette raison justement).

Trop chiant.

Le gamin courait partout dans le resto et tout.

Je déteste ça. C'est très dangereux. Tu vas voir qu'un jour un de ces gamins va foncer dans un serveur et le serveur va lui renverser son plateau sur la tête. Je mets

> *ma main à couper que, dans cette situation, les parents engueulent le serveur.*

C'est bien possible. Bref, c'était un resto spécialisé dans différentes sortes de gâteaux, il y en avait au moins quarante sur la carte. Et j'en ai sélectionné un au chocolat avec des myrtilles sur le dessus.

> *Miam.*

Tu parles, tu es en train de calculer le nombre de calories, je te connais.

> *Possible. Mais miam quand même.*

Bref. La maman du gosse satanique demande s'il peut avoir une myrtille de mon gâteau. Moi, tu me connais, grand prince, je dis d'accord. Ce connard de gosse, il adore ! Du coup la mère elle fait quoi ?

> *Je crois que j'ai compris mais j'espère que je me trompe. Elle enlève une par une les myrtilles de mon gâteau pour les donner à son gosse !!*

Oh, mais la connasse ! C'est hyper mal élevé !

C'est clair. Ton gosse veut des myrtilles. Tu lui en achètes. Tu les prends pas chez les autres sans demander. Même ma femme avait de la peine pour moi, elle avait des fraises sur son gâteau, elle essayait de les donner au gosse, mais il voulait rien savoir, il ne voulait que les myrtilles.

> *Et tu n'as rien dit ?*

Tu aurais dit quelque chose, toi ?

> *Non.*

CQFD. 😊

> *Ton tour, maintenant. Raconte-moi une histoire.*

Quelle histoire ? « J'ai tué un homme. » Est-ce une histoire drôle ou triste ? Ou plutôt une histoire glauque ?

Tu ne peux pas être mort, puisque tu m'écris.

> *Non, je passe mon tour. Je veux que, toi, tu m'en racontes une.*

Je sors le porte-clés hérisson en peluche, la dernière chose tangible qui reste de toi, à part ton corps méconnaissable dans l'escalier et six mégaoctets d'échanges épistolaires importés dans Plume. Je hume son odeur. Au début, j'avais l'impression qu'il sentait comme toi, un mélange d'homme et de verveine. Maintenant, je l'ai tellement trituré qu'il sent comme moi. Il s'est imprégné d'effluves d'*Amor Amor*.

À mort, à mort. L'amour qui peut tuer.

ÉPILOGUE

« Dancing phantoms on the terrace
Are they second-hand embarrassed
That I can't get out of bed
'Cause something counterfeit's dead »[7]

Taylor Swift, *loml*

---

[7] Fantômes dansants sur la terrasse, est-ce qu'ils ont honte par procuration du fait que je ne peux pas sortir du lit car quelque chose de contrefait est mort ?
(C'est décidément moins joli en français…)

MERCREDI 6 NOVEMBRE 2024

(AURORE)

Sur France 2, Julien Arnaud annonce les gros titres de l'actualité de ce mercredi. « Donald Trump officiellement élu Président des États-Unis pour la seconde fois. » Tu aurais détesté. On en parlait, je me souviens. Tu disais : « Personne n'est assez con pour à nouveau élire ce plouc. » Je te disais que tu sous-estimais la connerie humaine. J'avais raison.

« Du nouveau dans l'affaire de la tueuse aux talons aiguilles. » Je me raidis sur mon siège en voyant ton visage apparaître à l'écran.

Cela fait plus de quatre mois que je ne t'ai pas vue, à part aux infos. Ma meilleure amie depuis l'école, mon pilier, celle qui a toujours été la plus forte de nous deux. Est-ce que tu sais que le monde a continué de tourner sans toi depuis que tu es en prison ? Les

Jeux olympiques de Paris ont eu lieu, nous avons dit adieu à Michel Blanc et Shannen Doherty. Tu adorais *Charmed*, j'adorais *Les Bronzés font du ski*.

J'étais en train de partir du travail le jour où ça s'est produit. Je me revois, en train de récupérer mon trench beige sur le portemanteau – il faisait frais ce jour de juillet, il pleuvait, je m'en souviens –, d'empoigner mon sac à main et ma sacoche d'ordinateur, quand mon smartphone s'est mis à vibrer. C'était Marc. Au début, je n'ai rien compris à ce qu'il m'a dit, il parlait trop vite, sa voix était étouffée, comme s'il pleurait. Je me souviens que ça m'a surprise, Marc ne pleure jamais, lui et toi vous avez ça en commun. Puis, j'ai commencé à comprendre des bribes. Ton prénom. Devant mes sourcils froncés, mes collègues m'ont jeté des regards inquiets. Je me suis isolée, à l'abri de la curiosité.

— Marc, répète lentement, s'il te plaît.

Je l'ai entendu prendre une grande inspiration. J'ai imaginé prendre sa main pour l'inviter à parler, à reprendre son souffle. Je me souviens m'être dit : *si Marc a craqué, c'est que ça doit vraiment être grave.*

— C'est Saskia. Les flics l'ont emmenée. Ils disent qu'elle a tué quelqu'un. Et… elle ne nie pas.

Tu as toujours été une meilleure amie pour moi que je ne l'aie été pour toi. J'en suis consciente. Tu as été mon épaule pour pleurer, alors que tu n'as jamais pleuré sur la mienne. J'ai cinq mois de plus que toi mais, dans notre amitié, c'était toi la maman, le roc, celle qui allait toujours bien. Même quand ta mère s'est suicidée, tu as préféré fuir avec Émilien pendant deux ans, plutôt qu'affronter les regards compatissants. À cette époque, j'ai considéré qu'être une bonne amie c'était respecter cette distance que tu m'imposais. Et si j'avais eu tort ? Si quelque chose a vrillé en toi à ce moment-là, il y a presque trois décennies, aurais-je dû t'encourager à ne pas tout garder à l'intérieur ?

Il n'y a pas de protocole à respecter quand notre meilleure amie vient d'assassiner quelqu'un. On sait juste qu'on doit être présente, coûte que coûte.

— Ne bouge pas, j'arrive.

Quand j'y repense, c'est stupide. Où est-ce que Marc pouvait bien aller ? Qu'est-ce que je pouvais changer par ma simple présence ? Je savais juste que je devais être là. Je suis montée dans le métro, j'ai envoyé des textos à Xavier et aux enfants, leur expliquant que j'avais une urgence, que je ne rentrerais peut-être pas ce soir. Quand pouvais-je rentrer ? Le protocole ne dit pas non plus combien de temps on doit épauler le mari de notre meilleure amie quand elle vient de tuer quelqu'un.

Quand je suis arrivée chez vous, Marc était seul, il pleurait. Lei était à son entraînement de foot. Je me suis dit que ce n'était pas plus mal, qu'il ne fallait pas qu'elle voie son père comme ça, qu'il fallait trouver les bons mots pour lui raconter l'acte de sa mère. Marc n'était pas en état de le faire, c'était à tante Aurore de s'en charger. Cependant, les bons mots existent-ils vraiment ? Comment annoncer à une gamine de treize ans que sa mère vient de tuer quelqu'un ?

Peu à peu, heure après heure, jour après jour, les pièces du puzzle ont commencé à s'assembler. La victime, c'était un dénommé Matthias Montrency, âgé de quarante-deux ans au moment des faits. Il travaillait au service achats dans la même entreprise que toi. Marié, deux enfants.

Il y a quatre mois, une femme a fait irruption dans votre open space, une de tes collègues, avec un prénom un peu mémère, quelque chose comme Lucienne ou Fabienne. Elle a hurlé qu'elle avait trouvé ce Matthias dans l'escalier, qu'il ne respirait plus, qu'il semblait mort. En cet instant, tu t'es levée. Personne ne sait pourquoi car, jusqu'à cet instant, tu avais été discrète. Tu avais réussi à rejoindre ton bureau en silence, car il se trouvait près de la porte. Les autres étaient si occupés par leurs tâches annexes qu'ils n'ont rien vu. Ta tenue était maculée de sang. Ta robe était rouge, mais on voyait les taches de sang plus foncé, coagulé, séché.

Tu n'as rien dit quand tu t'es levée. Tu n'as pas dit « C'est moi qui l'ai tué », mais ta réaction, ta robe ensanglantée, tes cheveux ébouriffés, tout ça sonnait comme des aveux. Tu as laissé les policiers t'emmener, abandonnant ton sac à main.

Matthias avait chuté dans l'escalier et son visage avait été piétiné par des talons aiguilles. Plus tard, les flics ont réussi à établir une correspondance entre les empreintes ensanglantées autour du corps et tes Louboutin. Tes talons se sont cassés, mais tu les avais à côté de toi, tu n'as même pas cherché à t'en débarrasser. Tu étais pieds nus, ta pédicure habituellement impeccable était abîmée par les coups que tu avais portés. Tes pieds étaient meurtris, sales. Tu n'as même pas cherché à camoufler ton geste. Tu l'as juste tué et tu es retournée t'asseoir comme si de rien n'était.

Les empreintes de pas, la robe, ton silence, cela suffisait sans doute à te coffrer, mais tu as signé des aveux. Toujours sans parler. Tu n'as plus dit un mot.

Marc a récupéré ton sac à main, ton rouge à lèvres, ton foulard, tous tes effets personnels. Ton iPhone, ce sont les flics qui l'ont récupéré.

— Ce que je ne comprends pas, c'est pourquoi ? Je n'en ai jamais entendu parler, de ce gars. Pourquoi est-ce que, d'un coup, elle a voulu le tuer, et d'une façon aussi violente ?

— Un burn-out ?

— Peut-être, mais elle n'a jamais fait d'horaires à rallonge. Parfois, quand il y avait un événement ou une urgence... Sinon, elle quittait toujours le boulot vers dix-huit heures trente. L'équilibre vie pro, vie perso, c'était important dans sa boîte, même pour un poste haut placé comme le sien.

— Il y a d'autres causes de burn-out que des horaires à rallonge.

— Oui, peut-être. Mais pourquoi ce type ? Ce

n'était pas son chef. Il bossait au service achats. Saskia n'avait aucune raison de lui en vouloir.

— Tu sais, ça veut rien dire. Parfois, il y a des gens qui se jettent sur des collègues lambda parce qu'ils leur ont demandé le truc de trop.

— Tu dois avoir raison.

Il a jeté un regard implorant vers moi. Marc avait besoin de croire au burn-out, car c'était une explication logique qui ne remettait pas en cause l'amour que tu lui portais. Aucun de nous ne le disait, n'osait évoquer l'autre explication possible à laquelle nous pensions pourtant tous les deux : Matthias et toi étiez amants.

Un amant dont tu ne m'aurais jamais parlé, même quand je t'ai avoué pour Quentin ? Ce ne serait pas si étonnant. Tu étais si secrète.

Le plus étonnant dans l'histoire, ce serait que tu trompes Marc, que tu aimes pourtant d'une manière inconditionnelle – je sais comment tu le regardes. Moi, il y a longtemps que je n'aime plus Xavier comme ça, ce n'est plus que mon colocataire, le père de mes enfants. Dans ma situation, le tromper, c'est « moins grave ».

Tu as fait la une des journaux. Je me souviens de l'un d'eux, qui s'est sans doute cru particulièrement malin avec ce titre : « Le diable s'habille en Louboutin. »

Aujourd'hui, alors que tu sombres peu à peu dans l'oubli, tout au moins jusqu'au procès, ton visage apparaît de nouveau à l'écran. Comme chaque fois, je manque de ne pas te reconnaître. Tu n'es pas maquillée. Je crois que, depuis que nous sommes adultes, je ne t'avais jamais vue sans artifices. Tu as vieilli d'un coup. Je te disais toujours que tu faisais quarante ans, maximum ; sur cette photo, tu es blafarde et sembles en avoir cinquante. Tu as l'air ridée, fripée. Tu as maigri, aussi. Tu as toujours voulu maigrir, même si, moi, je te trouvais très bien comme tu étais. Je veux retrouver tes formes, je veux retrouver ma Saskia.

Des témoignages de tes collègues de chez Goupile, anonymes, défilent à l'écran.

« Bien sûr qu'elle a eu une liaison avec Matthias. Elle m'a dit que c'était elle qui y avait mis fin, mais je n'y crois pas une seule seconde. Je veux dire, regardez-le, et regardez-la. Puis, on ne tue pas quelqu'un qu'on a largué, pas vrai ? »

Tu aurais eu une liaison, et tu en aurais parlé avec cette mégère, et pas avec ta meilleure amie ? Et qu'est-ce que ça signifie : « Regardez-le, et regardez-la » ? Ils ont montré plusieurs clichés de Matthias, il n'avait ni la beauté électrique d'Émilien ni le charisme tranquille de Marc. Simplement un air de premier de la classe. Avec ses lunettes rondes et sa fossette au menton, il ressemblait un peu à Pierre-François Martin-Laval dans *Les Profs* – ni beau ni laid. La seule chose qui sortait vraiment de l'ordinaire chez cet homme, c'étaient ses yeux. L'un vert, l'autre bleu.

« Elle m'a embrassé au détour d'un couloir. C'était

la pute du bureau. »

« Une fois, mon mari est venu me chercher au bureau, elle l'a regardé de façon lascive. Je n'ai jamais eu confiance en cette bonne femme, avec ses talons aiguilles, son rouge à lèvres couleur sang, ses ongles manucurés. Elle se croyait mieux que tout le monde, elle voulait tous les mecs de la Terre. »

« Elle faisait toujours semblant de faire tomber des objets quand j'étais là, pour me mettre son cul dans la figure. Elle voulait l'attention de tout le monde. Elle se pavanait avec son cul, qu'elle n'avait même pas de si joli que ça. » Qu'est-ce que ça veut dire, « se pavaner avec son cul » ? Il y a vraiment des gens qui mettent leur cul de côté quand ils se pavanent ?

Rien de cela ne correspond à la Saskia que j'ai connue. Tu as toujours été soignée, tu as toujours aimé plaire aux hommes, mais tu étais finalement assez prude. À ma connaissance, tu n'as eu que deux hommes dans ton lit : Émilien et Marc.

« Elle a dû user de sa position hiérarchique dans l'entreprise pour coucher avec Matthias. C'est dégueulasse. »

« Elle faisait un boulot minable, et si elle a eu ce poste, c'est par promotion canapé. C'était même la chouchoute du PDG. »

Le journaliste précise que le PDG – Thierry quelque chose – a démenti ces propos, mais comment démêler le vrai du faux maintenant ?

« J'ai entendu dire qu'elle a tué son ex. Ce n'était

qu'une question de temps avant qu'elle recommence, après tout ! »

Émilien s'est tué parce qu'il a eu la bêtise de monter sur une moto après avoir bu. Personne n'a jamais eu le moindre doute à ce sujet. Dans l'esprit des gens, s'il y a des morts dans l'entourage d'une criminelle, elle les a forcément tous tués. Les raccourcis, c'est facile.

Le reportage sur toi continue, on t'appelle « la tueuse aux talons aiguilles », comme « le tueur des DRH ». Ton prénom n'est jamais cité, comme si tu avais été privée de ton identité. Je ne défends pas ce que tu as fait. Comment le pourrais-je ? Tu as *tué* quelqu'un, un époux, un père, sans doute un fils ou un frère. Mais pourquoi t'humilier, pourquoi chercher à enterrer jusqu'à ton prénom ?

— Elle a un prénom, connard, hurlé-je en direction de la télé, sous le regard compatissant et un peu incrédule de Xavier. Elle s'appelle Saskia.

NOTE DE L'AUTRICE

Ceci est une œuvre de fiction. Toute ressemblance avec des personnes existantes ou ayant existé serait purement fortuite.

Vous souhaitez échanger ? Je suis là !
- Par mail : camille.colva@gmail.com
- Sur mon site Internet : http://www.camillecolva.com
- Sur Instagram : @camillecolva_autrice

N'hésitez pas à me dire ce que vous avez pensé de mon manuscrit, que ce soit positif ou négatif. Je serai toujours ravie d'avoir de vos nouvelles, et je vous promets de vous répondre !

Les seuls éléments qui ne sont pas vraiment de la fiction sont la plupart des « Raconte-moi une histoire ». Ma mère a bien trouvé un chien sur un chantier, j'ai bien trouvé un chien mort près du lave-vaisselle (à ceci près que ce n'était pas le même chien), ma grand-mère a bel et bien forcé la porte de la salle de bains avec une lime à ongles après ma chute de vélo, j'ai bien vu mon père déposer les cadeaux de Noël sous le sapin (mais son slip n'était pas troué)… Même le monsieur qui m'a mise mal à l'aise au mariage de ma tante a existé (y compris la chemise jaune pâle tachée de vin et la coiffure douteuse). Je suis assez nulle pour inventer des anecdotes, alors j'ai pioché dans mes propres souvenirs pour créer cette complicité addictive entre Saskia et Matthias.

DE LA MÊME AUTRICE

Nous sommes en guerre (2022)

Jackie a dit (2023)

Écoutez si on éteint les étoiles (2024)

REMERCIEMENTS

Et de quatre ! Vous venez d'achever la lecture de mon 4ᵉ roman, *Six Mégaoctets*. Celles et ceux d'entre vous qui ont lu les trois précédents sont sans doute perdus. En effet, je me suis engagée dans un style très différent, beaucoup plus sombre et plus introspectif que ce que j'écris habituellement. Je sais que pour certaines et certains, ce ne sera pas leur tasse de thé. Ce n'est pas grave ; peut-être que le prochain vous plaira davantage. Ce qui est certain, c'est que ce roman correspondait à ce que j'avais envie d'écrire sur le moment : l'exploration de l'addiction que peut représenter une infidélité émotionnelle, sur fond d'épisode de *Black Mirror*.

Comme vous le savez peut-être, mon roman est né d'un concours de nouvelles organisé par BOD, les éditions Prisma et Femme Actuelle Jeux Extra. Avant envoi, cette nouvelle a été lue par Mickaël, un homme d'une grande sensibilité et un lecteur d'une grande exigence que j'ai la chance de compter parmi mes amis. C'est lui qui a eu l'idée de transformer cette nouvelle en roman. Au début, j'ai dit « Non » ; une demi-heure plus tard, je disais « Pourquoi pas ». Voici donc ce roman, devant vous. Micka, il est pour toi ; si tu l'aimes, tu l'exhiberas fièrement, si tu ne l'aimes pas, tu auras un cale-portes personnalisé à ton nom, et franchement, ça claque.

Aussi étrange que cela puisse paraître, j'ai gagné ce concours de nouvelles. Je remercie donc les membres du jury qui m'ont accordé leur confiance lors de ce concours, ce qui m'a indirectement encouragée à continuer : l'écrivain Philippe Delerm, les éditions Prisma, BOD, et Charlotte du compte Bookstagram @carnet_litteraire.

Je vais commencer par remercier celles et ceux qui me suivent dès le début, mes lectrices et lecteurs : les membres de l'association SCRIBE-Paris, mes collègues, mes amis de la région parisienne et du Haut-Rhin, mes followers sur Instagram mais aussi les « fans » (n'ayons pas peur du mot !) rencontrés en salon. (Jean-Michel, c'est ton moment ! 😊) Je remercie bien sûr ma maman, responsable d'environ 50% des ventes de mes précédents romans.

Un grand merci à mes cinq bêta-lectrices pour leur lecture attentive : Christelle (@christelle.stdizier_auteure), Daisy (@daisy.livreslibre), Héloïse (@magiedesmots2004), Jennifer (@jenny_fromthebooks) et Virginie (@entre2pages).

Un merci tout particulier à Hermine (@borntobealivre_blog), qui relit mes histoires depuis le début et me fait toujours des retours très détaillés. Merci, *baby*.

Merci à Christine de *L'atelier d'écriture by Christine*. J'ai pu avancer sur ce roman grâce à la retraite d'écriture 2024, et également grâce à sa formation « Retravailler un roman ». Je recommande ses formations qui prônent la discipline dans l'écriture (une qualité que je n'ai malheureusement toujours pas acquise…).

Merci à toutes les autrices et chanteuses que j'ai citées au cours de ce roman : Adeline Dieudonné (mon roman serait très différent sans *Reste*, un de mes romans préférés de tous les temps, qui est un fil conducteur pour le mien… si vous ne l'avez pas lu, ça devrait être votre prochaine lecture !), Tonie Behar, Natalie Imbruglia, Taylor Jenkins Reid, Claire Norton, Christine Orban, Taylor Swift, Marie Vareille et Maud Ventura.

Un immense merci évidemment à mes correctrices, Amélie, Maryline et Véronique, qui ont perfectionné ce roman et l'ont rendu présentable pour les lecteurs. Et bien entendu, merci à ma licorne, Hugo Gourmaud, un dessinateur de talent, qui crée mes couvertures depuis le début. Cher Hugo, c'est un vrai bonheur de travailler avec toi à chaque fois.

Mes derniers remerciements sont pour Maxime, mon compagnon depuis plus de dix ans. Ce n'est pas toujours facile d'écrire un roman sur l'ennui conjugal et l'infidélité émotionnelle quand on est avec quelqu'un qui nous comble à tous points de vue (d'où la playlist du début, qui a servi à me rendre triste 😊). Mon amour, tu es mon soutien et mon roc. Tu es mon premier lecteur, tu es aussi celui qui se lève tôt le matin pour m'emmener en voiture aux salons avec mes caisses de livres. Je ne te mérite pas, et pourtant, tu es là. Comme a dit Rosemonde Gérard : « Chaque jour je t'aime davantage, aujourd'hui plus qu'hier et bien moins que demain. »